Ippei Otsuka

Fables et légendes japonaises

Traduit de l'italien
par Mathilde Tajana

ROMANS
YNNIS

Ynnis Éditions
38 rue Notre-Dame-de-Nazareth
75003 PARIS
ynnis-editions.fr
Facebook : Ynnis Éditions
Twitter : @YnnisEditions
Instagram : ynnis_editions

Traduit de l'italien par Mathilde Tajana
Illustrations : Keiko Ichiguchi
Illustration de couverture : Jean-René Derosas

Président : Cedric Littardi
Direction éditoriale : Sébastien Rost
Édition française : Coline Rahimi
Coordination éditoriale : Jeanne Bucher
Correction : Maud Foutieau
Couverture : Sébastien Rost
Maquette : Stéphanie Lairet
Fabrication : Céline Antoine
Communication et marketing : Camille Nogueira

Sommaire

Daidarabotchi, le géant tyrannique

On raconte qu'il y a bien longtemps, sur l'île de Daio, dans la mer poissonneuse au large de la péninsule de Shima, vivait un géant. Un géant qui n'avait qu'un seul œil mais ce n'était pas parce qu'il avait perdu l'autre. Son unique œil brillait au milieu de son visage, juste au-dessus de son nez, car c'était un véritable cyclope, aux dimensions colossales même pour sa race. Il s'appelait Daidarabotchi. Pour se rendre compte à quel point il était grand, il suffisait de l'imaginer parcourir la distance entre l'île de Daio et le petit village de pêcheurs de Nagiri sur la côte. Il pouvait la franchir en quelques bonds.

Il atteignait la terre ferme très rapidement et très facilement. Et cela n'était pas du goût des pêcheurs de Nagiri. Ils retrouvaient souvent Daidarabotchi dans leur village, et sa présence était embarrassante et désagréable. De plus, il arrivait toujours sans prévenir. À chaque fois que Daidarabotchi avait un petit creux, il rejoignait Nagiri en quelques pas et prenait boisson et nourriture sans rien demander. Et vu sa taille, quand il s'en allait, il ne restait presque rien pour les pauvres pêcheurs qui désespéraient et maudissaient ce géant tyrannique qui leur servait de voisin. Comment pouvaient-ils lutter contre un monstre qui, d'une seule main, était capable d'attraper une barque pleine de poissons fraîchement pêchés et de la verser au fond de son gosier en une seule fois ? Et comment pouvaient-ils se défendre contre quelqu'un qui pouvait briser leurs maisons en les piétinant, tout simplement parce qu'il était de mauvaise humeur ce jour-là ? Cela n'était plus possible.

La seule chose à faire était de garder un œil sur l'horizon en permanence et, lorsque son énorme silhouette apparaissait, prête à bondir sur le village, donner l'alerte pour que tout le monde s'enfuie et coure se mettre à l'abri. Mais n'importe qui peut perdre patience, même les hommes qui vivent dans la peur. Un jour, le géant arriva au village plein d'entrain. Il vola tout ce qu'il trouva avec tant de fougue que l'après-midi, il ne restait plus un grain de riz dans tout Nagiri. Avec une grande méchanceté, il avait détruit presque toutes les maisons. Ce même soir, les pêcheurs se réunirent autour du chef du village pour prendre des décisions.

« Tôt ou tard, ce gigantesque rustre finira par écraser complètement notre village, dit le chef, irrité.

— Ce n'est pas possible, il doit forcément y avoir un moyen d'éviter qu'il continue à nous rôder autour. Peut-être même de le déloger une bonne fois pour toutes. »

Les habitants du village passèrent la soirée à se creuser la cervelle pour élaborer un plan. Malgré les nombreuses propositions bizarres, fantaisistes et résolument irréalistes, un des pêcheurs lança une idée qui, même si elle était simple, semblait la plus sensée de toutes.

« Il n'y a rien d'autre à faire que de creuser un grand, un très grand trou dans le sol, et de faire en sorte qu'il tombe dedans ! »

Malgré l'enthousiasme de tous, le chef du village secoua la tête, sceptique.

« Quand bien même nous serions capables de creuser un trou si profond pour le contenir entièrement, comment pourrions-nous le faire tomber dedans ? »

Le pêcheur resta un moment bouche bée, à regarder dans le vide, en essayant de trouver une solution.

« Si tu ne fermes pas la bouche, tu vas te décrocher la mâchoire, dit le chef du village pour le réveiller.

— Je suis désolé. Je n'ai absolument pas réfléchi à cela. Comment le faire tomber à l'intérieur…

— C'est bien ce que je pensais. Bon, si nous voulons que ce plan fonctionne, nous devons tous nous mettre à chercher un stratagème… »

Chacune son tour, toutes les personnes présentes trouvaient une idée qui paraissait géniale pendant un temps, pour ensuite revenir tristement à la réalité, refrénant leur propre enthousiasme.

Lorsqu'il fut clair qu'à présent personne n'avait trouvé de solution au problème, la femme du chef du village fit avancer un enfant au milieu du cercle.

« Notre fils a eu une idée, dit-elle, très fière. Je veux que vous ouvriez bien vos oreilles et que vous l'écoutiez. »

Le chef monta sur ses grands chevaux, déconcerté par son intrusion.

« Retourne tout de suite à la cuisine ! Nous avons des choses bien plus importantes à faire ! Nous n'avons certainement pas de temps à perdre à écouter les affabulations de femmes et d'enfants ! »

Puis il s'adressa de nouveau à ses hommes.

« Alors, personne n'a trouvé de plan pour faire tomber ce géant dans le trou ? »

Un des pêcheurs prit la parole :

« Chef, pourquoi ne le faisons-nous pas boire, pour qu'il soit saoul ? »

Le chef du village prit un instant pour réfléchir.

« Donc, imaginons qu'il boive et qu'il tombe dans le trou… À ce moment-là, que ferions-nous ?

— Eh bien, c'est très simple. Il suffira de lancer sur lui tous nos filets de pêche. Comme ça, dès qu'il essaiera de se libérer, il s'emmêlera de plus en plus. Alors, il n'arrivera même plus à bouger le petit doigt, et nous serons définitivement débarrassés de lui ! »

Le chef du village leva les yeux, fixa le plafond et essaya de s'imaginer la scène, en se mordillant la lèvre inférieure. Puis il acquiesça, satisfait.

« Très bien, je crois que c'est le plan à suivre. Messieurs, à vos pelles et à vos bêches, nous commençons à creuser dès maintenant ! »

Pendant toute la nuit, les villageois creusèrent sans s'arrêter, portés par l'espoir d'être libérés une bonne fois pour toutes du cyclope. Le lendemain matin, le trou était prêt, au milieu du village. Il était tellement profond que personne ne se souvenait d'en avoir jamais vu d'aussi grand. Après l'avoir entièrement recouvert de paille, cinq tonneaux de saké furent installés sur la plage, à l'endroit où le géant tyrannique débarquerait. À peine les couvercles des barils retirés, le parfum de l'alcool commença à se répandre dans l'air, et fut porté par le vent vers l'île de Daio.

Daidarabotchi était en train de piquer un somme. Il rêvait qu'il piétinait une cabane de pêcheur. Le son du bois qui se brise et le craquement de la paille entre ses doigts de pied lui donnaient du réconfort. Tout à coup, ses narines, la seule partie éveillée de son énorme corps allongé, captèrent l'odeur du vin de riz, ce qui le mit en alerte. Le géant se leva en sursaut, en reniflant l'air à pleins poumons, comme s'il voulait se remplir jusqu'à éclater.

« Qu'est-ce que c'est que cette odeur ? Ça sent bon ! Qu'importe ce que c'est, j'en veux ! Maintenant ! »

Il lui fallut très peu de temps pour comprendre que ce parfum provenait de la côte. Même si tous les géants avaient l'odorat extrêmement développé, celui des cyclopes était supérieur, pour compenser le fait de n'avoir qu'un œil. Son gros nez tout rouge en forme de patate n'arrêtait pas d'inspirer l'air et ses narines tremblaient comme les naseaux d'un cheval. En un instant, Daidarabotchi repéra l'endroit précis de la source de l'odeur.

En deux sauts, il rejoignit la côte et, une minute plus tard, il repéra les tonneaux ouverts sur la plage. Le chef du village se trouvait non loin de là et le géant le regarda, suspicieux.

« Qu'est-ce que vous faites avec tous ces tonneaux ? l'interrogea-t-il brusquement.

— Oh, bonjour, M. le Cyclope, dit le chef qui fit semblant d'être agréablement surpris. Aujourd'hui est un jour spécial, nous avons pensé à vous inviter à boire un peu de notre meilleur saké ! Allez-y, servez-vous donc ! »

Daidarabotchi n'était pas convaincu. Son œil unique explorait les environs, puis revenait sur les tonneaux, puis regardait de nouveau le chef du village. Méfiant, il fronça son sourcil broussailleux, et il se pencha en rapprochant son immense visage de celui de l'homme. Dans cette position, ce dernier voyait parfaitement ses poils de nez longs comme des cannes à pêche et ses dents grosses comme des rochers.

Le chef n'avait pas préparé de réponse, et il hésita. Il balbutia quelque chose, sans réussir à bien articuler, et une goutte de sueur lui glissa dans le dos. À cause de cette bêtise, non seulement il allait faire tomber tout le plan à l'eau, mais il allait probablement finir dans l'estomac de ce monstre.

« Joyeux anniversaire, chef du village ! » cria quelqu'un derrière lui.

L'homme se retourna et vit un des villageois en train de faire semblant de danser, tout en tremblant comme une feuille en automne. D'autres se joignirent à lui pour lui présenter leurs vœux, même si en réalité son anniversaire était encore loin. D'un coup, le pauvre homme terrorisé comprit ce qui était en train d'arriver. Les villageois l'aidaient à trouver une issue de secours et lui apportaient une superbe explication à donner au géant.

« Ah, oui, c'est ça… Le temps passe ! Ha ha ha ! Eh oui, c'est une journée spéciale, c'est mon anniversaire ! Ça ne peut être que ça ? Ha ha ha ! Allez-y, allez-y ! Servez-vous donc… Ha ha… »

Maintenant il disait n'importe quoi, risquant de se trahir. Il n'avait plus qu'une envie, se taire et s'enfuir, l'œil gigantesque continuant de le fixer. Puis, tout à coup, la pupille se posa un autre endroit, celui des barils de saké. Le chef du village poussa enfin un soupir de soulagement.

« Anniversaire, c'est bien cela ? Très bien », dit le cyclope.

Il attrapa le tonneau le plus proche, comme si c'était un petit verre, le souleva et dit :

« Alors joyeux anniversaire ! À votre santé ! »

Puis il l'avala d'un trait, pour ensuite le lancer sur les rochers, où il se fracassa. Daidarabotchi ouvrit tout grand son œil et resta comme paralysé. Ses joues devinrent rouges, puis il eut un hoquet, suivi par ce qui ressemblait à un rot, et il déclara plein d'enthousiasme :

« Cette boisson est un régal ! J'en veux encore !

— Allez-y, M. le Cyclope, je vous en prie. Servez-vous ! Comme vous voyez, il y en a à volonté… »

Le chef du village n'avait pas encore fini sa phrase que Daidarabotchi avait déjà attrapé deux autres tonneaux de saké et les versait directement dans sa gorge. Le géant expira de satisfaction, tandis que les vapeurs d'alcool commençaient à lui monter à la tête. Avec un sourire avide, il lança ses deux barils à la mer.

« Encore ! » gronda-t-il, en se jetant sur les deux derniers tonneaux.

Le chef du village et ses concitoyens craignaient que le plan tombe à l'eau. Il aurait peut-être fallu beaucoup plus de saké pour réussir à saouler un colosse de son genre…

Cependant, ils avaient utilisé tout le vin de riz qu'ils possédaient. Les deux derniers tonneaux vides volèrent au milieu des flots.

« Ha ha ha… enc… enc… hic ! encore ! » hoqueta Daidarabotchi en se balançant légèrement.

Peut-être qu'il était vraiment saoul.

« Encore ? Oh, mais bien sûr, M. le Cyclope… Suivez-moi donc, il y en a tant que vous voulez, par ici… Allez-y… » balbutia le chef du village, qui faisait semblant d'être très gentil, en bon hôte.

Il commença à se diriger vers le piège.

« Où ? Où l'avez-vous… hic ! mis ? J'en veux un autre !

— C'est par là. Allez-y, allez-y… »

Le géant avança d'un pas chancelant vers le trou recouvert de paille, jusqu'à ce que soudain, le sol cède sous ses pieds. En moins de temps qu'il ne le faut pour le dire, il s'enfonça dans la fosse avec un vacarme qui fit trembler toute la plage.

Les habitants du village ne purent contenir leur joie. Certains chantaient, d'autres dansaient, d'autres chantaient et dansaient en même temps. Ils faisaient la fête, heureux d'avoir éliminé une bonne fois pour toutes ce colosse tyrannique.

Mais la célébration fut de courte durée.

La grosse tête de Daidarabotchi sortit du trou, les cheveux sales et tout emmêlés de paille. Il n'avait même pas eu besoin de grimper. Il s'était simplement mis debout après avoir fait sa culbute. Cet énorme trou n'était pas assez profond pour le contenir en entier.

« Je dois… hic ! Je dois avoir t… tr… hic ! trébuché… » dit le géant, la paupière mi-close et les joues et le nez complètement rouges.

Les pauvres pêcheurs furent pris de désespoir. Ils restèrent à le regarder pendant quelques instants, abasourdis, puis d'un coup, ils se rendirent compte de la situation. Très vite, l'affliction se changea en panique et, hurlant à pleins poumons, ils se mirent tous à courir hors de la plage pour s'éloigner de la vengeance qui allait très probablement advenir.

« Ici il n'y a… hic ! pas d'autres tonneaux de vin ! » cria Daidarabotchi.

En grognant telle une bête en proie à la rage, il retourna vers le village, où il piétina les maisons, les baraques et les cabanes, jusqu'à en raser presque la moitié. Puis les vapeurs d'alcool et la fatigue prirent le relais. En quelques sauts de travers et même en tombant la tête la première au milieu des vagues, il retourna sur son île. À peine arrivé, il s'effondra immédiatement au sol et il s'endormit en ronflant tellement fort qu'on pouvait l'entendre jusqu'à la côte.

Ce soir-là, il y eut une nouvelle réunion dans la maison du chef du village, une des seules qui restait encore miraculeusement debout après l'incursion du géant.

« Le trou n'a servi à rien, malgré tout le mal que nous nous sommes donné pour le creuser, dit-il, d'un air attristé. Que celui qui a un semblant d'idée le dise tout de suite. Lorsque Daidarabotchi se réveillera, il se souviendra sûrement de tout et il reviendra pour terminer le travail. Et à ce moment-là, nous serons perdus, nous et le village. »

Le fils du chef demanda la permission d'entrer dans la pièce, comme il avait fait le jour précédent.

« Moi, j'ai un plan, Père… »

Le chef du village s'adressa à son fils, irrité.

« Je veux bien t'écouter, mais seulement parce que nous ne savons plus quoi faire. Allez, vas-y, parle et ensuite va te coucher, il est tard… »

L'enfant courut vers son père et lui expliqua son plan à voix basse. Petit à petit, le visage du chef commença à changer, passant du désintérêt à la curiosité, puis à l'espoir, et enfin à l'enthousiasme.

« Oh là là, ce n'est même pas tiré par les cheveux… Et ça pourrait fonctionner ! Villageois, je crois que nous allons nous passer de sommeil. Nous avons à faire. Et ce, dès maintenant ! »

Cette nuit-là, tout le monde fut réquisitionné, hommes, femmes, anciens et enfants. La tâche n'était pas pénible mais demandait beaucoup d'habileté. Tous travaillèrent inlassablement, sans même se relayer pour prendre un peu de repos.

À l'aube, tout était prêt. Il n'y eut pas besoin d'attendre longtemps l'arrivée de Daidarabotchi, encore agacé par sa mésaventure de la veille.

« Petits hommes de Nagiri ! commença-t-il en se plantant sur la plage. Donnez-moi à manger, mon ventre gargouille et je veux me mettre quelque chose sous la dent tout de suite, pour le petit-déjeuner ! »

Il n'avait même pas fini de parler que quelque chose sur la rive attira son attention. C'était un panier pliable très grand, aux dimensions d'une embarcation. Pour le ramasser et voir ce dont il s'agissait, le cyclope dut utiliser ses deux bras.

« Qu'est-ce que c'est ? Ce n'était pas là hier ! Vous y avez mis mon petit-déjeuner ?

— Oh, non, non… expliqua le chef du village. En fait c'est la tabatière de Senninriki… D'ailleurs, merci de l'avoir retrouvée !

— Senninriki ? Jamais entendu parler… Qui est-ce ?

— Comment, vous ne le connaissez pas ? C'est le géant à la force de mille hommes, comme l'indique son nom. Il doit l'avoir perdue quand il est arrivé…

— Vous voulez dire que… ce géant est ici, maintenant ? demanda Daidarabotchi en scrutant les alentours.

— Pas pour le moment, mais il va bientôt revenir.

— Et… cet énorme panier serait sa tabatière, vous dites ?

— Exactement. »

Le cyclope soupesa l'objet, le fit tourner entre ses doigts. Il était vraiment très grand, surtout en comparaison avec sa propre tabatière qui, elle, tenait parfaitement dans une main.

« Mais, dites-moi, il est grand comment, ce Senninriki ?

— Oh, il est bien grand et bien gros. Beaucoup plus grand que vous, ça, c'est sûr. Et vraiment plus fort ! »

Le cyclope sembla contrarié.

« Plus grand et plus fort que moi ? J'ai du mal à y croire !

— Dès qu'il reviendra au village, vous pourrez le voir de vos propres yeux, et vous me croirez. »

Daidarabotchi regardait frénétiquement tout autour de lui, comme s'il s'attendait à voir apparaître d'un moment à l'autre le mystérieux géant. La seule chose qu'il vit aux alentours fut un énorme filet de pêche suspendu sur des poteaux qui le dépassaient de plusieurs fois en taille.

« Et ça, qu'est-ce que c'est ? demanda-t-il de nouveau, avec un soupçon de doute dans la voix.

— Oh, rien, répondit nonchalamment le chef du village. Ce sont les habits de Senninriki qui sèchent. »

Daidarabotchi tressaillit.

« Vous voulez dire que cette chose énorme… c'est ce qu'il porte normalement ?

— Bien sûr. Comme je le disais tout à l'heure, il est beaucoup plus grand que vous. Cet habit, c'est son kimono. Il est presque serré pour lui. Il n'arrive même pas à lui couvrir les genoux ! »

Daidarabotchi fut stupéfait.

« Est-il possible qu'il soit aussi grand… ? »

Le cyclope déglutit bruyamment, si fort que tout le village l'entendit. Puis il s'éclaircit la voix pour faire semblant d'être à l'aise. Comme ses jambes avaient commencé à trembler, il se tourna vers la mer, prêt à s'en retourner chez lui en quelques bonds.

Mais son pied heurta quelque chose. Il perdit l'équilibre et dut rester encore un peu sur la plage. Il avait trébuché contre quelque chose en paille tressée, quelque chose de très grand. S'il s'était allongé à l'intérieur, il aurait pu y dormir confortablement. Il y aurait même assez de place pour au moins trois ou quatre autres Daidarabotchi.

« Mais qu'est-ce que c'est, cette fois ? demanda-t-il, énervé. Un peu plus et je faisais une autre culbute, comme hier !

— Eh bien, ça se voit, non ? Peut-être que d'en bas où nous nous trouvons, c'est plus difficile, mais pour vous qui êtes si grand… »

Daidarabotchi leva les yeux, en regardant l'énorme matelas de paille tressée, jusqu'à ce qu'il trouve au fond de ce dernier quelque chose qui ressemblait à un pont, toujours de paille, qui unissait les deux côtés…

La mâchoire du cyclope tomba, le laissant bouche ouverte, l'œil écarquillé.

« Une… Une san… Une san… Une sandale… ? balbutia-t-il.

— Exactement. C'est une des sandales de Senninriki. C'est pour cela que j'ai dit qu'il reviendrait bientôt pour la récupérer. »

C'est un fait de notoriété publique. Les tyrans sont forts avec les faibles. Mais dès qu'ils trouvent quelqu'un de plus grand et de plus gros qu'eux, ils commencent à trembler comme les feuilles d'un arbre en automne.

Pour Daidarabotchi, la seule idée qu'il puisse exister quelqu'un de plus grand, de plus gros et de plus fort que lui le terrorisait, tout simplement parce que jusqu'à ce moment, c'était lui qui était le plus grand, le plus gros et le plus fort de toute la contrée.

En faisant semblant que tout allait bien, Daidarabotchi trottina doucement vers la rive et, sans même sauter comme il le faisait d'habitude, par peur d'être vu, il s'immergea dans les flots pour rejoindre son île en douce, sans produire la moindre éclaboussure.

En quelques instants, il ne resta de sa présence rien d'autre qu'un souvenir. Et à partir de ce jour, plus personne ne revit sa vilaine figure.

À propos de Daidarabotchi

Aujourd'hui encore, les locaux fêtent chaque mois de septembre la victoire sur Daidarabotchi. L'événement le plus attendu du festival s'appelle Waraji Hiki, ou le « lancer de la sandale de paille » vers la mer. Alors que l'énorme chaussure est abandonnée au milieu des vagues, tout le monde remercie le fils du chef du village qui échafauda ce plan astucieux pour chasser le cyclope.

Il semble également que sur l'île de Daio, refuge du géant, il soit possible d'admirer l'empreinte d'un gigantesque pied sur la plage rocailleuse, laissée très probablement par Daidarabotchi.

Il apparaît dans le célèbre film d'animation *Princesse Mononoké* de Hayao Miyazaki, sous un aspect et un comportement complètement différents de ceux de la légende.

Son Goku et le voyage en Occident

Il y a très longtemps, sur le sommet inaccessible de la montagne Kakazan, un œuf d'or apparut spontanément. Lorsque la foudre le frappa, ce dernier se fendit et il en sortit un petit singe aussi robuste que la pierre qui l'avait fait naître.

Il se proclama roi, devant tous les singes qui s'étaient rassemblés autour de lui au cours de l'événement. Pour obtenir leur faveur, il plongea dans une cascade effrayante à la recherche d'un lieu où ses sujets pourraient le suivre. Au fond du lac, il trouva une grande caverne où les fleurs fleurissaient toute l'année, et où les fruits poussaient en abondance. Le petit singe s'installa dans ce paradis avec tout son peuple. Ils l'appelèrent la Grotte du Rideau d'Eau et ils y vécurent longtemps heureux et en paix.

Un beau jour, l'ancien, à qui tout le monde venait demander des conseils et des suggestions, s'éteignit. Le petit roi eut pour la première fois affaire à la mort, ce qui l'attrista. Ses fidèles sujets tentèrent de le consoler en lui expliquant que seuls les sages et les dieux étaient immortels, et qu'il s'agissait donc d'une condition commune à tous sur terre.

Cette révélation fit au contraire naître dans l'âme du petit singe un sentiment très différent. Il décida qu'il serait immortel en devenant lui-même un sage. Ou, s'il existait un moyen, un dieu.

C'est ainsi que le petit singe de pierre partit à la recherche d'un vieux sage pour devenir son fidèle disciple et apprendre tous ses arts secrets. Après un long moment, il finit par en trouver un, et il passa ainsi sept années à étudier et à s'exercer auprès du maître âgé. Il apprit à invoquer Kinto-un, le Nuage d'Or, et à le chevaucher au gré du vent. Il devint habile pour se métamorphoser en objets, en animaux et même en d'autres individus. Il acquit la technique nécessaire pour faire apparaître une armée de clones en s'arrachant une touffe de cheveux et en soufflant dessus. Riche de ces connaissances et du nom que l'ancien lui a donné, Son Goku, qui signifie « Héritier de la Conscience de la Vacuité », prit congé et retourna à la Grotte du Rideau d'Eau.

Hélas, son retour ne fut pas heureux. Lors de son absence, il y eut une invasion de démons. Le peuple des singes était désormais sur le point d'être dominé. Son Goku décida de se battre en duel avec le Roi Démon, qui était beaucoup plus grand que lui. Mais contre la peau en pierre du petit singe, les armes du monstrueux énergumène ne purent rien.

Après les premiers coups, elles se brisèrent comme de la terre cuite. Son Goku eut raison de lui en utilisant la dernière technique que le vieux lui avait apprise. Il lança une armée de clones sur le démon, et il le vainquit.

Cependant, après ce duel, Son Goku sentit le besoin de posséder une arme invincible, adaptée à son rang de roi. Les anciens lui conseillèrent de se rendre au palais du Roi Dragon, l'Empereur de la Mer, dont la salle aux trésors devait certainement renfermer ce qu'il cherchait.

Son Goku se présenta ainsi à l'improviste auprès du Roi Dragon, et avec un toupet irrespectueux, il exigea qu'il lui donne une arme digne d'un roi. Il lui en fut proposé d'absolument légendaires, mais aucune n'était à son goût. Après avoir retourné le palais et mis à rude épreuve la patience de son hôte, Son Goku choisit enfin un bâton magique très puissant appelé Nyoibo. Au premier regard, il lui avait semblé être une colonne de la demeure. Ce bâton pouvait se réduire aux dimensions d'un coton-tige, ou s'agrandir démesurément jusqu'à atteindre les limites du ciel.

Ce fut justement cette dernière particularité qui inquiéta l'Empereur du Ciel. Il était déjà préoccupé par l'arrogance croissante de Son Goku et il se mit à le surveiller. Ainsi, il se rendit compte que le petit singe avait commencé à trop élargir ses horizons et à concentrer sur lui et sur son royaume trop de sujets et de pouvoir. Craignant que ce comportement finisse par donner lieu à un délire d'omnipotence, il décida de lui confier une mission céleste au sein de son palais dans le ciel, de manière à pouvoir le contrôler de près, mais aussi à le priver complètement de temps libre afin de l'empêcher de faire des dégâts.

La tâche qui lui fut proposée était celle de Gardien Céleste des Écuries Impériales. Son Goku l'accepta avec grande fierté. Mais lorsqu'il prit conscience de la signification de ces paroles pompeuses, il trouva que faire le garçon d'écurie n'était pas exactement ce qu'il avait en tête pour son futur. Il fut pris de colère et se déclara irrémédiablement offensé.

À présent, Son Goku ne contrôlait plus sa rage ni sa force destructrice. C'est pourquoi l'Empereur du Ciel fut contraint de solliciter de puissantes divinités guerrières pour l'arrêter. Nombreuses essayèrent, mais toutes échouèrent. Le fils de l'Empereur intervint lui aussi, il entra dans une furieuse bataille contre le petit singe hors de contrôle. Le premier se transforma en un gigantesque tigre, le second en un énorme lion. Tous deux s'affrontèrent pendant des jours et des jours, sans qu'il n'y ait ni vainqueur ni vaincu. Son Goku semblait inarrêtable.

Alors, le ciel s'illumina à l'est, et le grand Bouddha en personne apparut, entouré d'une aura sacrée. Ce dernier demanda à Son Goku s'il acceptait son défi, et le singe arrogant acquiesça. C'est ainsi que Bouddha l'invita à simplement essayer de sauter au-delà de la paume de sa main. Avec un rire vulgaire pour une entreprise qu'il estimait dérisoire, Son Goku monta sur son Nuage d'Or et il s'envola rapidement au loin pour donner une démonstration spectaculaire de ses capacités, jusqu'aux confins du monde. Là, il s'arrêta, et pour immortaliser le moment, il écrivit son nom sur les cinq puissantes colonnes qui se dressaient au bord de l'existence. Puis il sauta de nouveau sur son Nuage d'Or et retourna très vite au point de départ, là où Bouddha l'attendait. Ce dernier ne fit rien que lever la main, couverte par la calligraphie du petit singe. Son Goku comprit alors que les cinq colonnes n'étaient rien d'autre que les doigts de Bouddha, lequel ne donnait pas l'impression d'avoir bougé d'un millimètre.

Le singe tenta d'implorer son pardon, puis chercha à s'enfuir, mais il avait perdu le duel et la punition serait sévère et inévitable. Il fut emprisonné à l'intérieur d'une montagne pour méditer sur son attitude, et abandonné là-bas sans que personne ne sache où il se trouvait, en attente de rédemption.

Il y resta 500 longues années. Un beau jour, un prêtre bouddhiste appelé Sanzo Hoshi passa près de la prison solitaire de Son Goku.

Le petit singe l'implora de le libérer, et Sanzo lui demanda en échange de l'aider à effectuer une mission importante, en devenant son garde du corps. Son Goku accepta, jurant obéissance et fidélité, se prosternant en paroles et en gestes. Sanzo se mit à prier devant la prison de roche, et après un moment qui sembla infini, plus long que les 500 ans passés dans la solitude, une fissure apparut sur le mur extérieur. Ce dernier s'écroula, libérant le prisonnier. Pourtant, la canaille décida de ne pas honorer sa promesse, et prit ses jambes à son cou. Sanzo, qui en plus d'être un saint homme était tout le contraire de quelqu'un de naïf, avait de toute évidence prévu une issue de ce type, et par une autre prière, il fit descendre du ciel un petit cercle d'or qui vint enserrer la tête du singe, comme l'aurait fait une morsure, lui provoquant une douleur immense. Sanzo lui expliqua qu'à partir de ce moment-là, le cercle d'or ne le quitterait plus, et à chacun de ses méfaits ou chaque fois qu'il désobéirait, l'étau se serrerait de cette manière.

Son Goku se persuada, bien malgré lui, d'accepter humblement d'accompagner Sanzo et de lui servir de garde du corps au cours de son long voyage.

En chemin, tous deux s'arrêtèrent pour se reposer dans un village dont les habitants semblaient terrorisés par l'arrivée de personnes étrangères. Titubant, Sanzo demanda l'hospitalité pour la nuit à un homme qui accepta, même s'il était évident que c'était à contrecœur. Pendant l'après-midi, leur hôte se décida à expliquer sa réaction. Il était désespéré parce que, tous les jours après le coucher du soleil, un être monstrueux épris de sa fille se présentait. Il la courtisait depuis longtemps déjà car il voulait l'épouser.

Son Goku proposa de résoudre le problème, en mettant ses techniques de métamorphose au service de son hôte. Il prit ainsi l'apparence de la jeune fille et attendit l'arrivée de l'ignoble créature.

Quand elle arriva, le petit singe l'attira dans un piège puis l'attaqua par surprise. Presque sans réagir, le monstre reprit son apparence normale, celle d'un cochon qui marchait sur ses deux pattes arrière. Cho Hakkai, c'était son nom, demanda pardon à tous pour les problèmes qu'il avait créés, et pour faire preuve de sa bonne volonté, se proposa d'accompagner Son Goku dans son voyage, et de devenir lui aussi le garde de Sanzo.

Après de nombreux jours de marche, le trio se trouva arrêté par un fleuve large et imposant. Lorsqu'ils essayèrent de le traverser, un *kappa* aguerri apparut et empêcha chacune de leurs tentatives. Son Goku et Cho Hakkai firent de leur mieux pour tenir tête à ce formidable combattant, dont le contact de l'eau paraissait décupler les forces.

Leur ténacité leur permit d'avoir raison de lui, mais surtout le travail d'équipe. Ainsi, Sagojo le *kappa* fut contraint de se déclarer vaincu, et de rejoindre le petit groupe pour renforcer l'escorte de Sanzo.

Le voyage continua sans embûches pendant plusieurs jours, jusqu'à ce que la compagnie croise un ancien au bord de la route, écroulé au sol. Son Goku, plein de compassion, le ramassa et le prit sur ses épaules pour le porter en lieu sûr. Mais au fur et à mesure de leur avancée, il se rendit compte que son poids ne cessait d'augmenter. Les jambes du petit singe finirent par céder, et c'est seulement à ce moment que Sanzo, Cho Hakkai et Sagojo prirent conscience que quelque chose allait arriver.

Tout d'un coup, le petit vieux se changea en un rocher très lourd que Son Goku ne pourrait jamais soulever, et le cloua au sol. Le prêtre et ses deux serviteurs coururent à l'aide du singe, mais avant qu'ils ne l'aient rejoint, un démon grimaçant à la peau argentée apparut dans un tourbillon qui les emporta au loin tous les trois.

Son Goku, seul et sans défense, commença à prier et à implorer le Dieu de la Montagne. Il lui demanda de le libérer de cet immense poids qui l'écrasait au sol. Ses prières furent exaucées, mais pour sauver ses deux compères et Sanzo, il dut jurer de s'occuper du démon ravisseur, Ginkaku à la peau argentée, et de son frère, Kinkaku à la peau dorée.

Son Goku se mit dès lors à leur recherche, et quand il trouva leur demeure, il se posta dans les environs pour préparer un plan afin de délivrer ses amis. Hélas, il n'était pas au courant de tous les éléments nécessaires pour garantir le succès de la mission. Les deux démons possédaient une courge prodigieuse capable d'aspirer en son intérieur quiconque répondait lorsqu'on l'appelait par son nom. Ginkaku demanda à Cho Hakkai et à Sagojo le nom de leur compagnon, et ces derniers le lui révélèrent, sans connaître les pouvoirs de la courge. Lorsque Son Goku passa à l'action en avançant vers la demeure démoniaque, Ginkaku l'appela dans une autre direction. Surpris que quelqu'un le connaisse dans cette contrée, il se retourna et, instinctivement, répondit à l'appel… Terrible erreur. Un violent tourbillon l'enveloppa et l'entraîna à l'intérieur de la courge. Son Goku se traita maintes et maintes fois d'imbécile et cria de rage, tandis que les deux frères démons s'étranglaient de rire. Lorsqu'il se calma, il se rendit compte que la courge n'avait pas de couvercle, et que l'ouverture donnait sur l'extérieur. Le problème, c'était qu'elle était vraiment minuscule. Son Goku décida de recourir de nouveau à ses connaissances, et tenta la métamorphose la plus difficile de toute sa vie. Il se transforma en mouche : réduisant sensiblement ses dimensions, il réussit à s'évader de son étroite prison.

Lorsqu'il eut repris son aspect, il ramassa la courge et il se prépara à rendre la pareille. Il profita d'un moment de distraction de Ginkaku et de Kinkaku et les appela par leurs noms. Peu méfiants, tous deux répondirent et furent à leur tour aspirés et emprisonnés pour toujours à l'intérieur de la courge magique.

Son Goku libéra ses compagnons, et le voyage put enfin reprendre son cours. Après une longue route, ils s'approchaient de plus en plus du but, et l'euphorie commençait à se faire sentir au sein de la compagnie. Mais le moment de faire la fête n'était pas encore arrivé.

Un nouvel obstacle se profilait à l'horizon, annoncé par un écran de fumée dense et noir venu obscurcir le ciel, accompagné d'une chaleur insupportable. Une montagne entière qui paraissait prise par les flammes se dressait devant eux. Quand ils s'enquirent d'informations, on leur expliqua qu'il était impossible de traverser le territoire sans être en possession de l'Éventail Magique des Feuilles de Bananier. Cet objet prodigieux était conservé par l'agaçante Rasetsujo, femme du monstrueux Roi Bœuf Gyumao, dont la force légendaire n'avait pour égale que son habileté au combat.

S'étant rendu à la demeure de la dame, Son Goku essaya d'emprunter le fameux objet magique, mais comme tous l'avaient prédit, il reçut une réponse négative, accompagnée d'un coup d'Éventail. Le petit singe fut balayé par un véritable ouragan et atterrit très loin, au-delà de l'horizon. Par chance, il pouvait toujours compter sur son Nuage d'Or pour revenir. Si la même chose était arrivée à Sagojo ou à Cho Hakkai, ils n'auraient jamais pu retrouver la petite bande. Malgré cela, Son Goku fut heureux d'avoir été soufflé de cette manière, car il eut ainsi la preuve du pouvoir de cet Éventail, et la possibilité d'éteindre, du moins temporairement, les flammes de la Montagne de Feu. C'est ainsi qu'il retourna voir Rasetsujo avec un plan plus élaboré. Grâce à ses techniques de métamorphose, il prit l'apparence du Roi Bœuf, et il dit à sa femme qu'il avait trop chaud. Elle allait lui prêter l'Éventail. Tout semblait se passer pour le mieux, sauf que le vrai Gyumao rentra chez lui pile au moment où l'objet allait changer de mains. Ce fut un instant de grande perplexité, mais tandis que le Roi Bœuf allait tirer son épingle du jeu, Son Goku, usant de ses bons réflexes simiesques, arracha l'Éventail à Rasetsujo, et le testa justement sur le couple. Tous deux volèrent au loin, balayés par un violent tourbillon, et disparurent entre les nuages en le maudissant. Triomphant, le petit singe retrouva ses compagnons de voyage qui lui firent la fête.

Arrivé sur les versants de la Montagne de Feu, Son Goku commença à créer d'énormes rafales d'air avec son Éventail, éteignant progressivement les flammes. Il lui fallut bien 49 coups avant de réussir à poser le pied sur ce territoire inaccessible, mais finalement, les quatre aventuriers finirent par le traverser. C'est ainsi qu'enfin, après un si long voyage, apparut devant eux la terre sacrée de Tenjiku. Sanzo Hoshi allait y pénétrer pour recevoir les textes de la doctrine bouddhiste et rentrer chez lui pour la diffuser dans son pays.

Sanzo remercia Son Goku et lui dit qu'il était très appréciable qu'il soit devenu digne de confiance, noble et altruiste pendant cette aventure. Il le libéra de son obligation de lui servir d'escorte. Il sourit au petit singe et lui suggéra de se toucher le front. En le faisant, Son Goku découvrit que le cercle d'or avait disparu.

À propos de Son Goku

La version racontée dans ce recueil est celle de *Saiyuki*, ou *Voyage en Occident*, réduite sous forme de fable. L'histoire originale se développe quant à elle sur des milliers de pages. Écrite au XVIe siècle, elle est attribuée au poète et écrivain Wu Cheng'en de la dynastie Ming. C'est un des quatre grands romans classiques de la littérature chinoise.

La raison pour laquelle, bien que née en Chine, cette histoire se trouve dans un recueil de fables japonaises est très simple. Lorsque le récit original est autrefois arrivé au Japon, il fut adapté pour le rendre accessible au peuple du Soleil Levant grâce à un grand travail de traduction du nom des personnages, des lieux et des objets. Il a aussi été simplifié pour qu'il touche un public le plus large possible.

Saiyuki (d'après *Xi You Ji*, le titre original) s'est tellement ancrée dans la littérature et dans l'imaginaire nippon qu'elle est devenue une des principales sources d'inspiration de films, de bandes dessinées et de séries télévisées modernes. Il suffit par exemple de penser à

Dragon Ball, créé par Akira Toriyama en 1984, qui est une des œuvres japonaises les plus célèbres et populaires du monde entier. Ses personnages sont directement inspirés de la fable originale, avec Goku (ainsi que son bâton extensible et son nuage d'or) et d'autres encore, bien que l'histoire soit complètement différente. Il existe de nombreux exemples. Un des premiers films d'animation de l'historique Toei est justement le *Saiyuki* de 1960 (arrivé en France sous le nom d'*Alakazam, le petit Hercule*), qui en l'espace d'une heure et demie réussit à compacter de manière plutôt efficace la fable originale en entier.

Osamu Tezuka, l'auteur de bandes dessinées japonaises le plus important de tous les temps, réalise sa version de *Son Goku*, puis dirige en 1967 un dessin animé télévisé entier intitulé *Goku no Daiboken*, à mi-chemin entre l'aventure et la parodie. Un autre illustre auteur de la bande dessinée japonaise, Leiji Matsumoto (auteur d'*Albator, le corsaire de l'espace*), élabore en 1978 une version science-fiction de la fable, *Starzinger, les chevaliers de l'espace*. Go Nagai lui aussi (auteur de *Mazinger* et *Goldorak*) réalise sa version en bande dessinée, *Super Saiyuki*, dans laquelle Son Goku est étrangement de sexe féminin. D'autres exemples sont la série télévisée *Time Bokan Series: Itadakiman* de 1983, où les personnages voyagent aussi dans le temps, puis le cyberpunk *Midnight Eye Goku* de Buichi Terasawa, ou *Saiyuki* de Kazuya Minekura, dans lequel les héros perdent leur aspect animal et sont représentés comme de jeunes humains. Voici pour les plus connus.

La fable de Son Goku n'a pas seulement généré des versions directes, même si elle a inspiré une « manière » de présenter les personnages et surtout l'imaginaire nippon d'action et de fantastique. Souvent, le protagoniste est un combattant habile mais arrogant et impatient. Il est caractérisé par la couleur rouge (Son Goku porte un kimono court rouge dans la fable) et en général il peut voler. Son compagnon-rival est longiligne, silencieux et associé à la couleur bleue, tandis que le compagnon corpulent et robuste est le sujet de gags comiques et se distingue par le vert ou le jaune (et les deux, de temps en temps, sont alternativement spécialisés dans le combat sous-marin ou terrestre). Enfin, le guide est toujours une personne sage qui ne prend pas parti, souvent d'un certain âge, expérimenté, qui coordonne le groupe de l'extérieur, sans prendre part à l'action, mais en prédisposant des moyens et en étudiant les stratégies.

La version japonaise de *Saiyuki* est même devenue partie intégrante de la littérature du pays du Soleil Levant, malgré ses origines étrangères. C'est pourquoi elle est également lue sur les bancs de l'école.

Ikkyu-san, le petit bonze de génie

Il y a très longtemps, près de Kyoto, lorsque cette ville était la capitale du Japon, un groupe de garçons servaient au temple d'Ankoku et y étudiaient les préceptes du bouddhisme zen.

L'un d'entre eux se distinguait particulièrement. Il s'appelait Ikkyu, et il était connu pour son intelligence, très développée pour un enfant de son âge. Il était si brillant que même le bonze du temple ne faisait pas le poids face à lui en ruse et en ingéniosité.

La gentillesse et la disponibilité du moine étaient connues de tous, et lorsqu'on parlait de lui, il était souvent comparé à un véritable saint, tant il était dévoué à Bouddha et à l'enseignement. Mais même lui avait une faiblesse. Il adorait les sucreries en tout genre. Chaque soir, après s'être assuré que tous les garçons dormaient paisiblement, il se retirait dans sa chambre et, après avoir bien fermé à clé, il récupérait un grand pot en terre cuite rempli de *mizuame*. En secret, il s'en donnait à cœur joie au cours de son banquet sucré. En secret, mais pas pour longtemps. Dans un temple rempli de garçons, tout ce qui concerne les sucreries vient à se savoir en un clin d'œil.

Un soir, alors que le bonze était tout affairé à plonger ses doigts dans son pot de *mizuame* pour ensuite se les lécher goulûment, quelque chose le fit tressaillir. C'était un bruit suspect derrière la porte coulissante de sa chambre. Pris de panique, il se mit à trottiner à la recherche d'un endroit sûr pour cacher son pot, tout en demandant d'une voix devenue stridente :

« Qui était-ce ? Qui est là, dehors ? »

La porte sembla s'ouvrir toute seule. Quand il y eut assez de place pour qu'une tête puisse apparaître, celles d'Ikkyu et de trois autres garçons pointèrent leur nez avec de larges sourires et ils jetèrent de grands coups d'œil à l'objet que le bonze tenait entre ses mains.

« Maître, qu'est-ce que c'est ? le questionna l'un des trois.

— Rien ! répondit l'ancien.

— Comment ça *rien* ? insista un autre. Pour moi, cela ressemble à un pot.

— Ah, cela… Oui, oui, c'est exact. C'est un pot, rien de plus.

— Et qu'y a-t-il dans ce pot ? demanda le troisième.

— Dans le p… pot, d… dis-tu ? balbutia le moine. Rien ! Que veux-tu qu'il y ait ? Il est vide !

— Vraiment ? Pourtant on ne dirait pas… Cela se voit qu'il y a quelque chose à l'intérieur… Et à mon avis, c'est même quelque chose de très bon…

— C'est du poison ! dit subitement le maître, pour dissiper tout doute. C'est ça ! Un venin terrible… qui… qui… qui peut seulement être ingéré par les adultes ! Si un enfant en goûtait ne serait-ce qu'une unique goutte, il mourrait foudroyé à l'instant ! Compris ? Et maintenant, retournez tous dormir dans vos chambres ! »

Les garçons obéirent, même s'ils n'étaient pas du tout satisfaits de ces explications, et plus globalement, de la manière dont cette histoire s'était déroulée. Le pire, ce n'était pas d'avoir raté l'occasion de goûter le sirop du moine. Le goût amer qu'ils avaient en bouche venait de leur prise de conscience : lui, cet homme si pieux, leur avait raconté des balivernes.

Ce fut une nouvelle chance pour tous les garçons du temple de compter sur le génie d'Ikkyu pour remettre un peu les choses en ordre. Ainsi, ils décidèrent d'aller dormir, et d'attendre l'après-midi suivant. Quand le bonze sortit de l'édifice pour sa ronde quotidienne, Ikkyu récupéra le pot contenant le *mizuame*, appela ses amis et, d'un air solennel, les invita à se servir.

Tous le regardèrent comme s'il était devenu fou. Un murmure parcourut les garçons, puis l'un d'entre eux avança, disant tout haut ce que les autres pensaient tout bas.

« Mais, Ikkyu… Si tout le monde goûte un peu de *mizuame*, le niveau descendra beaucoup… Peut-être qu'il n'en restera plus ! Alors le bonze s'en rendra forcément compte… As-tu réfléchi à comment il réagirait ?

— Oh, ne te préoccupe pas de ça, dit Ikkyu d'un air calme et tranquille. Regarde, si tu as peur, je passe en premier », dit-il.

Et il plongea un doigt dans le sirop, en en prenant un peu et en l'avalant avec grande satisfaction.

« Ah, comme c'est bon ! Si c'est du venin, c'est le meilleur que j'aie jamais goûté ! »

Les autres enfants le fixèrent, les yeux écarquillés et les bouches grandes ouvertes, au point qu'ils commencèrent à avoir l'eau à la bouche. Cela va sans dire qu'aucun d'entre eux, depuis longtemps, n'avait eu la possibilité de goûter quelque chose de si sucré. C'est pourquoi ils cédèrent à la tentation et s'avancèrent près du pot pour y tremper les doigts. Mais les enfants étaient si nombreux, et leur enthousiasme si débordant, qu'ils continuèrent sans jamais s'arrêter. Au bout d'un moment, ils se rendirent compte que le pot était complètement vide, tellement vide que les parois internes étaient propres et brillantes comme s'il n'y avait jamais eu de *mizuame*.

Ce soir-là, lorsque le moine rentra, il se trouva face à une scène insolite. Le petit Ikkyu était agenouillé dans la salle réservée à la méditation, mais il était en larmes.

« Petit Ikkyu, mais pourquoi est-ce que tu pleures ? Que t'est-il arrivé de si mal ? »

Entre deux sanglots, le garçon répondit :

« Je suis vraiment désolé, maître ! Oh, comme je suis désolé ! J'ai fait une chose très vilaine, c'est pour cela que j'ai décidé de me punir ! »

En pleurant et en se mouchant, il saisit le pot de *mizuame* vide qu'il cachait derrière lui, et il déclara à voix haute :

« Pour me racheter, j'ai avalé tout le venin !

— Tu as mangé tout mon sirop ? Oh, Ikkyu… » dit le moine.

Et avant même de se rendre compte des mots qu'il avait prononcés, Ikkyu le fixa de ses yeux curieux.

« "Sirop"… ?

— *Venin* ! se corrigea-t-il de sa voix stridente. Je voulais dire venin ! Voilà… »

Puis, en regardant le visage perplexe d'Ikkyu, il décida qu'il fallait arrêter de mentir.

« Non, cela n'était pas du venin, Ikkyu. Tu ne dois pas t'inquiéter, tu ne vas pas mourir. C'était vraiment du sirop, confessa-t-il, soudainement calme. J'ai menti, à toi et aux autres, même si je sais que c'est mal. »

Le vieux prêtre lui sourit et continua :

« Mais nous pouvons tirer une grande leçon de ce qu'il s'est passé aujourd'hui. Personne n'est parfait, apparemment. Et quoi qu'il en soit, qu'aurais-tu fait de si terrible qui vaille de s'ôter la vie en engloutissant un pot entier rempli de venin ? »

Le petit Ikkyu s'inclina en signe d'excuse, il le fit si profondément que son front toucha le sol.

« Je te demande pardon, maître, car moi aussi je t'ai raconté un mensonge. »

Le bonze était perplexe.

« Vraiment ? Et quand aurais-tu fait ça ?

— Il n'y a pas longtemps, maître. »

Le vieux prêtre resta encore plus interdit. Il pensa un moment à la conversation dans son ensemble, et tout à coup, il réalisa ce qu'il s'était passé.

« Oh, Ikkyu… » dit le moine.

Puis il secoua la tête et il éclata d'un rire joyeux.

« Tu es vraiment un sacré petit malin… Je me suis bien fait avoir !

— Je suis désolé, maître. Maintenant je le sais, ce n'est pas très zen de dire des mensonges… »

Et ils s'esclaffèrent tous les deux.

Quelques jours plus tard, au cours d'une belle soirée, tandis que le moine était occupé à une partie de go avec Tahei, un commerçant qui habitait dans les environs, l'histoire du pot de *mizuame* lui revint en tête. Il rit intérieurement, et Tahei ne put s'empêcher de le remarquer.

« Qu'as-tu donc à rire dans ta moustache ? » demanda le marchand, en pensant que le prêtre se préparait à gagner la partie.

Le bonze lui raconta tout.

« Alors, tu t'es fait avoir par un enfant, hein ? Eh bien, cela n'arriverait jamais à un vieux singe comme moi, je te le garantis ! »

Les garçons du temple n'appréciaient pas particulièrement que le marchand et le prêtre se retrouvent pour jouer au jeu de go. La chose en soi ne leur posait aucun problème, mais ils devaient rester à leur disposition, par exemple pour préparer le thé, le servir, nettoyer la table et, d'une manière ou d'une autre, faire office de serveurs. Le tout jusqu'à ce que le marchand s'en aille enfin. C'est seulement à ce moment-là qu'ils avaient l'autorisation de se reposer. Ce qui signifiait aller au lit très tard, sans avoir la possibilité de récupérer le sommeil en retard le matin suivant.

Quelques soirs après cet événement, Tahei se rendit de nouveau au temple où il remarqua un avis qui disait :

L'entrée du temple est interdite à toute personne portant des vêtements en peau d'animaux.

Le marchand rit intérieurement, car il portait toujours un *chanchanko* en peau d'ours. Le message s'adressait clairement à lui, et c'était certainement Ikkyu qui l'avait affiché. Ce garçon pensait vraiment l'éloigner de cette manière ? Il en avait de la route à faire, avant de berner quelqu'un comme lui…

Ainsi, il décida d'entrer quand même dans le temple. Il en profita pour faire étalage de façon théâtrale de sa veste, au cas où quelqu'un n'avait pas encore remarqué qu'il la portait.

Ikkyu et ses trois amis les plus fidèles l'attendaient déjà à l'intérieur, tenant chacun bien serré dans son poing un bâton qu'ils cachaient derrière leur dos.

« M. Tahei, vous ne savez pas lire ? demanda sévèrement Ikkyu.

— Bien sûr que si, petit. Dans le cas contraire, je ne pourrais pas exercer mon métier.

— Alors peut-être que vous ne voyez pas clair ?

— Je vois très bien, et c'est pour cette raison que personne ne se moque de moi au cours de mes négociations.

— Alors, pourquoi n'avez-vous pas lu l'avis affiché à l'entrée ?

— Oh, mais je l'ai lu, et plutôt deux fois qu'une, mon petit.

— Et alors, pourquoi est-ce que vous portez une veste en peau d'animal ?

— Oh, mais elle n'est pas en peau d'*animal* !

— Ah non ? En quoi est-elle ?

— C'est un animal *bien précis*, ricana le marchand. C'est une veste en peau d'ours.

— Eh bien, entrer dans le temple en portant une telle chose, c'est faire offense à Bouddha. Vous devriez savoir que tuer tout être vivant est contre les enseignements de l'Éveillé. »

Tahei attendait justement Ikkyu au tournant sur cet argument.

« Ah, vraiment ? Et alors, qu'en est-il du tambour du temple ? À ce que je sache, il est lui aussi fait en peau. Ou je me trompe ? Je ne comprends donc pas bien en quoi est-ce un problème que je porte ma veste sur le dos dans le temple. Elle est *exactement* comme votre tambour, c'est pourquoi vous devez la traiter de la même manière », dit-il, avec un sourire rusé.

Ikkyu prit une expression inhabituellement ingénue, battit des paupières comme s'il avait reçu l'information la plus éclairante du monde, et tout heureux, il s'adressa à ses compagnons.

« Dieu du ciel, je n'y avais pas pensé ! Vous avez entendu, les garçons ? La veste de M. Tahei est comme le tambour du temple… et il faut la traiter de la même manière ! Allez ! »

Et comme un seul homme, ils levèrent tous le bâton qu'ils cachaient dans leur dos.

Le marchand comprit tout de suite qu'il était tombé dans un piège verbal, et comme il n'avait aucun intérêt pour les percussions, en particulier si l'instrument en question était sa personne, il recula prudemment de quelques pas. Les quatre garçons, menés par Ikkyu, avancèrent d'autant, un sourire satisfait affiché sur le visage. En quelques instants, Tahei s'était enfui par le couloir, en laissant derrière lui un nuage de poussière.

Ikkyu et ses compagnons le suivirent un peu, menaçants, en agitant leurs bâtons, mais lorsque le marchand bondit hors du temple, ils s'arrêtèrent à la grille principale et se mirent à rire à gorge déployée.

Cette fois encore, Ikkyu avait réussi à surpasser intellectuellement un adulte. Pourtant, Tahei n'avait aucune intention de se déclarer vaincu. Depuis toujours, il avait la réputation d'être l'une des personnes les plus rusées de la région. Il s'attela à imaginer un plan pour rendre à Ikkyu la monnaie de sa pièce.

Au cours d'une froide journée d'hiver, une idée germa dans son esprit. Il envoya une invitation à dîner au bonze, en lui enjoignant de venir avec « ce sympathique petit malin » d'Ikkyu.

Malgré le temps, le prêtre décida d'accepter la proposition. Mais lorsqu'ils arrivèrent tous deux au petit pont qui menait à l'entrée de la maison du marchand, ils furent contraints de s'arrêter. Une pancarte en bois fixée sur un piquet indiquait :

Il est absolument interdit à toute personne de traverser le pont.

Perplexe, le moine se gratta la tête, se massa le menton et regarda autour de lui. Il n'existait aucun autre moyen d'accéder à la maison de Tahei. Il fallait nécessairement qu'ils traversent ce petit pont pour continuer. Cependant, l'avis était extrêmement clair.

Résigné, il s'adressa à Ikkyu :

« Si c'est interdit, c'est interdit. Il n'y a rien d'autre à faire que de nous en retourner au temple… dit-il dans un soupir. Il y a quand même de la route à faire, avec ce froid, en plus il est l'heure de dîner, et maintenant mon estomac crie famine… »

De l'autre côté du pont, Tahei se moquait bien d'eux, caché derrière une haie. Il était vraiment satisfait d'avoir donné une bonne leçon à cet impertinent morveux d'Ikkyu, et d'avoir ainsi équilibré la balance. Désormais, plus personne ne discuterait sa finesse d'esprit. Il réfléchissait à tout cela, quand tout à coup, il se rendit compte qu'Ikkyu et le vieux prêtre se dirigeaient vers lui en marchant sur le petit pont. Pendant un instant, il eut un sursaut de colère. Puis, il pensa qu'en réalité, prendre le garçon en flagrant délit serait plus intelligent. Il décida de sortir de derrière la haie.

« Bien, bien, bien… dit-il sournoisement. Comme cela, on ne respecte pas les interdictions. Que c'est inconvenant, surtout quand on sait d'où vous venez… Dis-moi un peu, Ikkyu, sais-*tu* lire ?

— Bien sûr, M. Tahei.

— Peut-être que l'avis n'était pas clair ?

— Oh, non, M. Tahei. Au contraire, il était même très clair.

— Et alors, peut-on savoir ce que tu es en train de faire ?

— C'est très simple, M. Tahei. Comme il est interdit de *traverser* le pont, nous avons décidé de *marcher dessus.* »

Tahei resta bouche bée, à regarder les deux invités qui accédaient à sa maison, savourant d'avance le dîner.

Il n'en avait pas fallu beaucoup pour que la ruse du petit Ikkyu commence à devenir légendaire, et les nombreux épisodes auxquels il participait étaient relatés de village en village pour le plus grand bonheur de tous. Bien entendu, ces récits finirent par arriver à l'oreille d'un dignitaire, qui les raconta au shogun. Ce dernier formula son désir de le connaître le plus rapidement possible, car les histoires qu'il avait entendues à son sujet l'avaient diverti et intrigué en même temps. Il avait hâte de vérifier en personne le génie de ce petit bonze qui réussissait à berner pratiquement tout le monde. Il ordonna que le garçon et son vieux maître soient escortés jusqu'à lui.

Lorsque Ikkyu et le bonze arrivèrent au château, le shogun les attendait déjà avec impatience, prêt à mettre le garçon à l'épreuve. Bien qu'il fût curieux et excité comme un enfant, il prit son air le plus solennel pour s'adresser au petit. Il s'éclaircit la gorge et commença :

« On m'a rapporté des histoires à ton sujet, jeune homme. Sur ta vivacité d'esprit et ta capacité à te débrouiller pour sortir rapidement des situations les plus variées, en utilisant seulement ton intelligence. J'ai décidé de vérifier en personne si ces échos étaient vrais, ou s'il s'agissait de simples bavardages de paysans exagérés à souhait. Es-tu prêt ? »

Ikkyu baissa respectueusement la tête en signe d'approbation.

« Très bien. Tu dois donc savoir qu'ici, au château, nous avons depuis quelque temps un problème que personne n'a réussi à résoudre. Tu vois ce fauve ? » lui demanda-t-il, en indiquant un somptueux paravent doré sur lequel était peint un magnifique tigre en embuscade dans une forêt de bambous. Eh bien chaque nuit, il cesse d'être une simple peinture, il prend vie, sort en rugissant du paravent et met tout le palais sens dessus dessous, en créant de nombreux soucis à tout le monde. »

À cette déclaration, le moine eut un petit sursaut. Qu'est-ce que le shogun avait bien manigancé ? Puis il examina Ikkyu, qui restait parfaitement calme et attentif.

« Donc, Ikkyu, continua le shogun, ce que je te demande, c'est de mettre à ma disposition ton esprit génial pour mettre fin à tout ce chahut une bonne fois pour toutes. Je veux que tu trouves un moyen de dompter cette maudite bête et de l'empêcher de sortir du paravent. »

Le moine écarquilla les yeux, et balbutia à voix basse qu'il s'agissait d'une tâche impossible à accomplir. Pourtant, Ikkyu semblait très à l'aise, tellement à l'aise qu'il répondit, d'une manière calme et posée :

« Vos désirs sont des ordres, monsieur. »

Aussitôt, il se mit debout, se retroussa les manches pour bouger les bras sans entrave. Il demanda qu'on vienne lui apporter une corde très, très résistante. Le shogun le regarda, intrigué, et donna l'ordre de le satisfaire. Le bonze commença à craindre que le garçon ne perde ses esprits, sous le coup de l'émotion de se trouver en présence de l'homme le plus puissant du Japon.

Un serviteur donna la corde à Ikkyu, ce dernier l'attrapa à une main et, d'un air très sérieux et concentré, il sortit dans le jardin sur lequel donnait la salle d'audience. Il se noua un bandeau autour du crâne et se mit en position d'attente, tourné vers le paravent. Puis il hocha la tête et déclara à voix haute :

« Je suis prêt, monsieur. Faites donc sortir le tigre du paravent, et envoyez-le vers moi. »

Le shogun resta impassible. Un lourd silence envahit la salle d'audience, les courtisans étaient comme paralysés. Le moine se sentit sur le point de défaillir. Cette fois, la ruse du petit garçon l'emmenait au-devant d'ennuis. Personne ne s'était jamais permis, de mémoire d'homme, de duper le shogun de cette manière. Cette plaisanterie allait lui coûter cher.

Le shogun, les sourcils froncés, ouvrit la bouche pour parler, mais aucun son n'en sortit. Puis, l'expression de son visage se détendit, et il éclata d'un rire sonore.

« Bien, très bien, petit Ikkyu ! À ce que je vois, les échos sur ta malice n'étaient pas infondés. Tu m'as répondu avec répartie, c'est quelque chose que j'apprécie vraiment ! »

Après cet épisode, la renommée du garçon génial fit le tour du pays. En grandissant, Ikkyu devint un bonze sage et très célèbre, au point d'être encore aujourd'hui évoqué comme l'un des plus grands maîtres de la doctrine zen.

À propos d'Ikkyu-san

Le personnage principal de cette histoire est inspiré d'Ikkyu Sojun, moine et écrivain japonais qui a existé au XVe siècle. Sa tombe et sa statue se trouvent au temple d'Ikkyuji, dans la préfecture de Kyoto, là où il a vécu.

En 1975, Toei Animation, historique maison de production japonaise, a réalisé une série animée intitulée *Ikkyu-san,* basée sur ce récit. Le succès obtenu lui a permis de se développer sur un arc de 298 épisodes, qui ont continué à être diffusé sans interruption jusqu'en 1982.

Issunboshi, le plus petit samouraï du monde

Il y a très longtemps, dans un village éloigné de la capitale du Japon, naquit un enfant vraiment particulier. Il ressemblait à un enfant comme les autres, à l'exception de ses dimensions. De la tête aux pieds, il mesurait à peine un *sun*, moins d'un petit doigt. Ses parents l'adoraient, et s'inspirèrent de sa petite taille pour l'appeler Issunboshi.

Après tout, c'étaient eux qui l'avaient voulu ainsi. Lorsqu'ils avaient imploré la triade divine protectrice des activités maritimes, en demandant d'être bénis par un fils, même très petit, Sokotsutsu, Nakatsutsu et Uwatsutsu avaient exaucé leurs prières à la lettre.

Les années suivantes, le petit grandit plus ou moins comme le font tous les enfants, mais il ne dépassa jamais les dimensions d'un petit doigt. Malgré cela, il ne manquait pas d'appétit et n'avait pas de problèmes de santé non plus. C'est pourquoi il devint un garçon plein d'énergie et extrêmement fort, même pour sa taille.

Issunboshi aimait jouer dehors. Un jour, il décida de grimper sur un arbre très haut, tellement haut que les autres enfants n'avaient jamais eu le courage de tenter l'entreprise. Une fois arrivé à la cime, un spectacle magnifique s'étala devant lui pour la première fois de sa vie.

« Le monde est immense… Je n'aurais jamais imaginé qu'il puisse être aussi vaste », commenta-t-il, bouche bée, le regard remontant une grande rivière qui serpentait jusqu'à l'horizon, apparemment sans fin.

« Comme je voudrais aller voir l'endroit où elle arrive… »

Ainsi, il décida de descendre de l'arbre et de demander des explications à son père.

« Père, jusqu'où va la grande rivière que j'ai vue depuis la cime de l'arbre ?

— Elle continue jusqu'à l'autre versant de la montagne, mon fils.

— Et sur l'autre versant de la montagne, qu'y a-t-il ?

— Il y a Kyoto, la grande ville qui est la capitale de notre pays.

— Et qu'y a-t-il dans la capitale ?

— Eh bien, il y a tant de choses… Tout d'abord, il y a beaucoup de monde. Et puis, il y a de nombreux grands temples. Et de bâtiments où habitent les samouraïs. C'est un endroit vraiment intéressant à visiter, mon fils. »

Après cette conversation, Issunboshi passa des jours et des jours à méditer, à se promener tout seul et à éviter de jouer avec les autres enfants, à tel point que ses parents commencèrent à se poser des questions. Puis, un jour, le minuscule garçon prit une décision, et leur en fit part au cours du petit-déjeuner.

« Père, Mère, je vais aller à la capitale. »

Les deux époux se regardèrent, perplexes. Si jeune et si minuscule, comment pourrait-il s'en sortir dans une ville si grande et si peuplée ?

« Et lorsque tu seras arrivé là-bas, qu'as-tu l'intention de faire ?

— Je deviendrai un samouraï ! »

Les parents s'agitèrent, croyant ne pas avoir bien entendu ce qu'il venait de dire.

« Mais, mon petit, dit la mère d'une voix tremblante, comment t'en sortirais-tu, tout seul dans un endroit pareil ? Tu risquerais déjà de ne pas être pris au sérieux, mais tu pourrais même te faire piétiner !

— Ici à la campagne il n'y a pas autant de monde, continua le père, et les gens regardent bien où ils mettent les pieds. C'est le seul endroit où tu peux être en sécurité.

— Je ferai en sorte qu'ils me voient, qu'ils m'entendent et qu'ils me prennent en considération. Je saurai faire mes preuves, vous verrez ! »

Les deux époux tentèrent longuement de le convaincre de renoncer, mais lorsqu'ils se rendirent compte de la détermination de leur fils, ils furent contraints de céder, même si c'était à contrecœur.

Une fois qu'ils s'y furent résignés, la seule chose qu'il leur restait à faire était de l'aider et de le protéger pour ce dangereux voyage vers l'inconnu.

Le jour du départ, son père lui remit une aiguille et un brin de paille.

« Cette aiguille, mon fils, sera ton épée. Utilise-la pour te défendre, mais ne cherche jamais des noises en premier. Ce brin de paille te servira de fourreau. Essaie de faire en sorte que ton arme y reste le plus longtemps possible. »

Sa mère lui donna quant à elle un bol de riz et une des deux baguettes qu'elle utilisait comme couverts.

« Ce bol, mon fils, sera ton moyen de transport pour la capitale. Il est fait de bois de qualité. C'est pour cela qu'il flotte très bien. Ce sera ta barque. Et tu pourras te servir de cette baguette comme d'une rame, pour gouverner ton embarcation et te pousser jusqu'à l'endroit où tu veux te rendre. »

Les adieux furent très émouvants. Les parents embrassèrent leur minuscule fils sur la tête en le tenant sur la paume, puis le posèrent sur la rive de la rivière, avec le bol.

« Adieu, Père ! Adieu, Mère ! Prenez soin de vous ! »

Issunboshi les salua pour la dernière fois. Ses parents le regardèrent s'éloigner le long de la rivière en agitant la main, émus, jusqu'à ce qu'il disparaisse derrière un méandre en suivant le courant.

Il fallut peu de temps pour qu'Issunboshi rencontre son premier obstacle. Une grosse grenouille, intriguée par l'étrange objet qui voguait sur l'eau, s'approcha en sautant d'une feuille de nymphéa à l'autre. Quand elle se rendit compte qu'au centre de la petite embarcation se trouvait ce qui pour elle était un insecte bizarre à seulement deux bras et deux jambes, l'eau lui monta à la bouche. Elle resta cachée entre les roseaux pour ne pas être vue. Lorsqu'il fut à sa portée, elle sortit sa langue gluante pour le capturer. Issunboshi s'en aperçut juste à temps, et il plaça sa rame entre la bête et lui. En un instant, elle lui fut arrachée des mains, et la grenouille se retrouva avec une baguette encombrante dans la bouche. Mais le petit aventurier n'avait plus rien pour diriger son embarcation.

« Eh, vilaine ! l'apostropha-t-il. Rends-moi ma rame et ôte-toi de mon chemin ! »

La grenouille avait un autre plan. Elle se sépara de la pagaie avec bien du mal, bondit vers le bol et s'agrippa au bord, en manquant de le faire chavirer. Issunboshi dégaina l'aiguille qui lui servait d'épée et commença à piquer la maudite prédatrice, jusqu'à ce que cette dernière lâche prise, finissant sous le bol. De cet endroit, elle voulut prendre sa revanche et secoua fortement l'embarcation pour faire tomber son occupant à l'eau. Lorsqu'elle apparut pour vérifier si son action avait eu un effet, Issunboshi était encore au sec, et il se déplaçait de manière étrange, comme s'il voulait être vu par cette dernière. La grenouille en profita et fit de nouveau jaillir sa langue collante en direction de cette proie difficile.

Issunboshi bougea rapidement sur le côté, et la langue alla atteindre quelque chose entre les roseaux. La grenouille la ramena et vit qu'elle avait encore attrapé la rame, sur laquelle le minuscule aventurier l'avait guidée. Lorsque le petit bâton fut quasiment au-dessus du crâne d'Issunboshi, ce dernier enfonça l'aiguille dans la langue de la grenouille et la maintint dans cette position. Il récupéra ensuite la rame, et libéra enfin la langue, qui retourna toute décomposée à sa propriétaire. Dans un ultime sursaut, Issunboshi saisit la rame des deux mains et frappa la tête de la grenouille pile entre les deux yeux.

« Cela te suffit ou tu en veux encore ? »

La grenouille le regarda, épouvantée et endolorie, et s'éloigna en nageant à toute vitesse. Le voyage put reprendre, mais il ne fut pas simple. Le bol termina à plusieurs reprises dans les rapides, resta coincé dans la végétation, heurta de nombreuses fois des roches à fleur d'eau. Il dut affronter des cascades, et faire face à de nombreuses intempéries, mais Issunboshi ne s'avoua jamais vaincu. À chaque difficulté, sa volonté de poursuivre son objectif se renforçait et se fortifiait. À chaque fois qu'il surmontait les obstacles, il sentait que rien n'arriverait à l'arrêter.

Il lui fallut des semaines entières, exténuantes, avant de pouvoir atteindre la destination tant convoitée.

Puis, un jour, il la vit dans le lointain. Il se rendit compte que désormais, il était tout près de poser enfin le pied dans la grande ville. La capitale se tenait devant lui. Il avait réussi.

Dès qu'il eut atteint un endroit sûr, il accosta sur la rive et débarqua du bol. Il chercha un point d'observation en hauteur et, en grimpant sur un petit arbre, il put porter son regard au-delà des premiers édifices. Kyoto était vraiment grande, beaucoup plus qu'il ne l'avait imaginé. La taille de certaines constructions dépassait l'entendement, mais une en particulier était bien plus haute que les autres. Surtout, son aspect était somptueux. Il ne réfléchit pas plus d'un instant et décida qu'il s'agissait du lieu où allait commencer son aventure.

La demeure appartenait à Sanjo, un samouraï de grande renommée. Lorsque ses serviteurs l'informèrent qu'un visiteur plutôt particulier se présentait à la porte, il accepta de lui accorder une entrevue.

Quand les serviteurs arrivèrent devant lui, apparemment sans personne à leur suite, Sanjo demanda :

« Qu'est-il arrivé au visiteur ? Il a changé d'avis et rebroussé chemin ?

— Eh bien, voilà, monsieur… Vous n'avez sans doute pas remarqué que… balbutia un des deux.

— Je suis là ! » l'interrompit le petit Issunboshi.

Le samouraï se pencha en avant, plissa le front, cligna des yeux, et le vit enfin. Il bombait le torse, même s'il était minuscule, entre les deux serviteurs qui paraissaient être des géants comparés à lui.

Tout petit, mais avec du caractère, pensa Sanjo.

« Très bien, écoutons donc ce que tu as à me raconter. »

Issunboshi expliqua qui il était, d'où il venait, pourquoi il avait pris certaines décisions et quels étaient ses objectifs. Le samouraï ne l'interrompit pas, même pas une seule fois, pour bien comprendre qui était vraiment l'insolite visiteur qui se trouvait devant lui. À la fin du récit, le bonhomme lui avait fait une bonne impression. Il décida de lui donner l'opportunité de faire ses preuves.

« Très bien. J'ai entendu toutes tes raisons, je veux maintenant vérifier ton sens du dévouement. Si tu veux, tu peux rester, mais tu devras être à mon service, quelle que soit la tâche qui te sera attribuée. Qu'est-ce que tu en dis ?

— J'en serais vraiment très honoré, monsieur ! »

C'est ainsi qu'Issunboshi devint le plus minuscule garde du corps qui eut jamais foulé le sol de la demeure. La mission qui lui fut confiée était très importante, car la personne dont il devait assurer la sécurité n'était autre que la jeune Haru, la fille du noble samouraï Sanjo. En réalité, pour tout le monde, Issunboshi n'était rien d'autre qu'un compagnon de jeu pour la jeune fille, ou comme quelqu'un l'avait dit, un jouet ou un curieux petit animal de compagnie.

Pourtant, tous deux s'attachèrent beaucoup l'un à l'autre, au point qu'ils commencèrent à passer de plus en plus de temps ensemble. Ils pratiquaient tout type d'activité : des promenades, de la lecture, et même de l'écriture et de la musique. Un sentiment d'affection sincère naquit entre les deux, et avec les années, ils devinrent des amis inséparables. Les serviteurs de la maison le remarquèrent avant tout le monde, un jour où ils les virent tous les deux dans le jardin, occupés à faire de la musique. Tandis que Haru jouait de douces mélodies sur son *koto*, Issunboshi l'accompagnait avec un petit tambour fabriqué avec un dé à coudre, et l'harmonie qui existait entre ces deux-là était plus qu'évidente.

Cependant, le minuscule aspirant samouraï n'oublia jamais son devoir, et tous purent constater que son dévouement était inflexible. Chaque jour, il passait beaucoup de temps à étudier l'art de l'escrime. Il devint vraiment habile, même si son arme était toujours l'aiguille que son père lui avait offerte à son départ.

Et ainsi, les années s'écoulèrent. Un jour, au cours d'un des plus beaux printemps qu'il eut été donné de voir à la capitale, Haru exprima le désir de visiter le temple de Kiyomizu qui, à cette époque de l'année, flottait toujours dans un merveilleux nuage de cerisiers en fleurs.

« Haru, dit Sanjo, courroucé. Je prends acte de ta demande, mais tu dois savoir que le monde au-dehors n'est pas un endroit sûr pour les jeunes filles comme toi. Je suis certain que tu as déjà entendu parler des mystérieux enlèvements perpétrés à l'encontre de jouvencelles près du temple. Ce que tu ignores, c'est que les ravisseurs seraient des *oni*. »

Il fit une pause pour laisser le temps à sa fille de comprendre à quels risques elle s'exposait réellement. Ces démons n'étaient pas des adversaires faciles, même pour les guerriers les plus habiles, à cause de leur force et de leurs proportions.

« Tu auras besoin d'une escorte.

— Bien sûr, Père. Issunboshi viendra donc avec moi.

— La volonté d'Issunboshi est énorme, mais elle ne peut pas compenser sa taille minuscule. Contre ces démons, il faut des hommes experts du maniement d'armes. C'est pourquoi tu n'auras pas moins de sept gardes du corps, tous sélectionnés parmi nos meilleurs escrimeurs.

— Et Issunboshi… ?

— Si tu veux, il viendra lui aussi.

— Sans lui je ne me sentirai pas en sécurité, Père.

— Alors c'est décidé. Ta garde sera formée de sept samouraïs… et demi. »

Lorsque tout fut confirmé, Issunboshi fut très heureux de sa première mission officielle. Il commença à compter les heures qui le séparaient du début de l'expédition. Mais le voyage fut étonnamment tranquille et sans surprises. Le minuscule samouraï fut presque déçu de ne pas avoir pu montrer sa valeur, mais il était avant tout content car la belle Haru profitait de cette journée unique, sans aucune préoccupation. Les heures passaient, légères et idylliques, et Haru put prier longtemps pour les siens près du temple de Kiyomizu, y compris pour le petit aspirant samouraï qui était devenu son meilleur ami, et maintenant qu'elle y pensait, peut-être même plus. Dans l'atmosphère ouatée des fleurs de cerisiers, tous deux se retrouvèrent à se fixer l'un l'autre, pour ensuite détourner le regard lorsqu'ils s'en rendaient compte, en rougissant ostensiblement.

Peu après le spectaculaire coucher de soleil auquel ils assistèrent depuis la partie haute du temple, la petite expédition reprit le chemin de la maison. La température avait considérablement baissé, et à présent, un vent fort soufflait sur le sentier entre les collines, tel le présage d'un événement désagréable à venir… qui finit par arriver. Avec un rugissement digne de celui d'une bête, une masse énorme, haute comme au moins deux hommes, surgit d'entre les arbres du côté de la route. Il la piétina si fort que tous les membres de la petite expédition la sentirent vibrer sous son poids. Ils furent glacés d'effroi. Personne n'avait jamais rencontré un *oni* en chair et en os. En découvrant qu'il en existait vraiment, et pas seulement dans les histoires, ils se trouvèrent impuissants. Aucun d'entre eux n'était préparé à affronter un monstre pareil.

L'art de l'épée existait pour combattre des guerriers capables de saisir une arme, pas des êtres dont les bras avaient les proportions de troncs d'arbre, dont la gueule aurait pu facilement arracher des têtes d'une seule morsure. Mais ce qui les effraya le plus, ce fut autre chose. La créature pouvait parler.

« Apportez-moi sur-le-champ cette appétissante jeune fille », dit-il d'une voix qui semblait sortir du fond d'un puits.

Puis il passa son horrible langue sur ses babines, savourant à l'avance sa proie. Les sept guerriers, tremblants, avancèrent pour protéger Haru, Issunboshi en première ligne.

« Vous ne voudriez pas faire de résistance, quand même ? » demanda l'ignoble créature.

Et pour montrer qu'elle ne plaisantait pas, elle fit quelques pas lourds dans leur direction, sur ses énormes pieds. Le monstre arracha un arbre d'une seule main et il menaça le groupe. Les guerriers s'échangèrent un regard terrorisé, et s'échappèrent dans toutes les directions. Seul Issunboshi resta à son poste, brandissant l'aiguille qui lui servait d'épée, le plus sérieusement du monde.

« Essaie d'avancer encore et tu verras à qui tu as affaire ! cria-t-il courageusement.

— Qui a parlé ? » rugit le démon en inspectant les alentours, sans voir personne.

Il était tellement grand et gros que le minuscule guerrier était quasiment invisible à ses yeux.

« Je suis juste devant toi, bestiole puante ! »

L'*oni* regarda vers le bas, mais encore une fois, il ne vit rien. Il se pencha alors jusqu'à toucher le sol du menton, et finalement il vit Issunboshi.

« Mais qu'est-ce que tu es censé être ?

— Je suis Issunboshi, le garde du corps personnel de Haru, mandaté par son père, le noble Sanjo ! C'est mon dernier avertissement. Pars immédiatement, ou tu ne reverras plus jamais tes terres ! »

Le monstre se releva.

« Regardez donc le caractère de cette puce, dit-il, presque amusé, en s'enfilant le petit doigt dans la narine pour la nettoyer à fond, en toute indifférence. Je n'ai pas le temps pour les insectes. Mieux vaut que tu te pousses, ou je risque de t'écraser, je ne te vois même pas.

— Tu ne me vois pas ? Mais tu vas m'entendre ! cria le petit samouraï qui partit à la charge avec son aiguille vers un des orteils du démon.

— Issunboshi, attends ! » s'écria Haru.

Mais il ne s'arrêta pas. Et l'*oni* tendit rapidement un bras, l'intercepta en l'attrapant entre le pouce et l'index, et d'un seul geste, il le jeta dans sa bouche.

Haru hurla, terrorisée, et manqua de s'évanouir. En un instant, son petit grand Issunboshi n'était devenu qu'un souvenir.

« Ton garde du corps n'a même pas fait un bon casse-croûte, ironisa le démon, voyons donc ce que cela donne avec toi ! »

Il jeta un regard féroce à la jeune fille, et il tendit ses énormes mains vers elle pour la saisir. Un cri retentit dans les bois. Ce n'était pas celui de Haru, mais celui du monstre en personne, pris d'une douleur qui lui faisait à présent se tenir le ventre.

« Arrête, damné ! Arrête immédiatement ! » hurla-t-il, furibond.

Issunboshi était directement descendu de la gorge à l'estomac du monstre, et il s'attelait désormais à le piquer de l'intérieur avec son aiguille, par des assauts d'épéiste confirmé. Il avait du mal à garder l'équilibre car l'*oni* avait commencé à sauter d'un pied à l'autre, pour ensuite se contorsionner, jusqu'à se rouler au sol. Profitant de la position allongée qui lui était favorable, le minuscule samouraï remonta vers la bouche.

« Ne touche pas à Haru, vilaine bête, ou tu le regretteras amèrement !

— Je ne la touche pas, je ne la touche pas ! Mais sors tout de suite !

— Jure-le !

— Je le jure, je le jure !

— Je n'ai pas confiance en toi !

— Qu'est-ce que je pourrais faire d'autre ?

— Très bien, alors fais-moi monter sur ta langue et ouvre la bouche. »

Le démon sentit les petits pieds d'Issunboshi remonter depuis sa gorge, et il ne bougea pas jusqu'à ce qu'il le perçoive au milieu de sa langue. À ce moment-là, par un sursaut, il déplaça l'envahisseur sur le côté, et il serra sa mandibule pour l'écraser entre ses dents. Issunboshi s'aplatit contre la paroi intérieure de la joue et, profitant de son élasticité, dès que les dents s'ouvrirent à nouveau, il se lança de nouveau vers la gorge, s'agrippant fermement à la luette.

« Je savais que tu ferais le fourbe ! Prends ça ! » dit-il, énervé.

Et il enfonça l'aiguille dans la partie la plus molle du palais.

« Aïe aïe aïe ! Maudit insecte !

— C'est tout ce que tu mérites, vilaine bête ! Et ce n'est pas fini ! »

Issunboshi grimpa jusqu'à la cavité nasale, puis d'un bond, il atteignit une des deux narines, qu'il prit d'assaut avec la pointe de son arme. Tout à coup, un énorme doigt s'enfila à l'intérieur pour essayer de le faire sortir, mais ce dernier fut également touché par une rapide série d'attaques et aussitôt extirpé de là. Issunboshi en profita pour regarder à l'extérieur.

« Comment vas-tu, Haru ? Tout va bien ? »

Haru, surprise de revoir son ami de petite taille, écarquilla les yeux et acquiesça en silence. Puis elle trembla et lui cria :

« Attention ! »

Le démon se donna un violent coup de poing sur le nez dans l'espoir d'écraser Issunboshi, mais ce dernier retourna à temps à l'intérieur. La sale bête chancela.

« Ah oui ? Tu fais encore le fourbe ? Très bien, maintenant tu vas voir ce que tu vas voir ! » dit le petit envahisseur, désormais amusé.

Il remonta à nouveau jusqu'à se trouver derrière un œil, auquel il donna des coups de pied et de poing.

« Je veux voir si j'arrive à sortir d'ici, étant donné que les autres issues semblent impraticables », dit-il d'une voix forte.

Le démon commença à s'inquiéter sérieusement, et il se mit à se donner de grandes tapes sur le visage et sur les tempes, incapable d'intervenir d'une quelconque manière.

« Peut-être que tu ne devrais pas utiliser les mains et les pieds… Peut-être que j'irais plus vite avec mon épée, qu'est-ce que tu en dis ? »

Et il posa délicatement la pointe de son épée contre l'arrière du bulbe oculaire, en tâtant sa consistance gélatineuse.

« Arrête, par pitié ! Je te laisse sortir ! » cria l'*oni* terrorisé et endolori, désormais en larmes.

Quelques instants plus tard, il ouvrit la bouche et tira sa vilaine langue le plus loin qu'il le put. Sur cette dernière, Issunboshi se tenait debout, souriant, les poings sur les flancs, fier de son coup.

Haru rayonnait de joie. Puis Issunboshi s'adressa à l'*oni*, lui lançant un regard sévère depuis son épaule :

« Maintenant va-t'en, trouve une nouvelle forêt, et ne reviens plus par ici. Autrement tu sais ce qui t'attend.

— Bien chûr, monchieur… Comme vous le déchirez, monchieur… » répondit le démon, la langue toujours sortie, en essayant de ne pas faire tomber le petit samouraï.

Issunboshi sauta sur une branche à proximité, et regarda la vilaine bête, blessée et geignante, s'éloigner.

« Comment vas-tu, Issunboshi ? demanda Haru.

— Je vais bien, comme tu peux le voir. C'est surtout parce que *celui-là* n'a pas pu toucher un seul de tes cheveux. Mais maintenant viens, nous devons rentrer à la maison. Ton père doit être très inquiet à l'heure qu'il est.

— Attends, regarde ! »

Haru indiquait quelque chose au sol, à l'endroit où l'*oni* s'était roulé quelque temps auparavant. Sa besace s'était ouverte, laissant tomber un certain nombre d'objets. Parmi les choses de peu de valeur et les autres babioles qu'ils préférèrent ignorer, l'une se faisait remarquer par sa facture précieuse, ses matériaux et ses décorations.

Elle ressemblait en tout point au légendaire marteau magique « Uchide no Kozuchi ».

« Un marteau magique ? demanda Issunboshi, qui n'avait jamais entendu parler d'une chose pareille.

— Exactement. Grâce à lui, on dit qu'il est possible d'exprimer un souhait et de le voir se réaliser… Ce monstre ne devait pas savoir qu'il possédait un tel objet !

— Ce rustre n'était que force brute. Il ne devait pas penser à autre chose qui ne soit pas étroitement lié à se procurer des jeunes filles à manger… »

Haru regarda le petit guerrier dans les yeux et, sur un ton devenu tout d'un coup très doux, elle lui posa une question.

« Et toi, Issunboshi… Quel vœu souhaiterais-tu formuler, dans l'espoir que le marteau l'exauce ?

— C'est très simple, Haru, dit-il, en échangeant le même regard. Je voudrais grandir jusqu'à atteindre les dimensions d'un homme, pour vivre à tes côtés et pouvoir te rendre heureuse. »

La jeune fille sourit. Elle ramassa le marteau, s'en saisit fermement et commença à l'agiter, en murmurant à voix basse :

« Mon petit Issunboshi, fais-le pour moi, grandis… Mon petit guerrier, deviens grand comme un homme véritable… Mon petit samouraï, tu deviendras plus fort et plus robuste… »

À chaque phrase de Haru, et à chaque hochement du marteau, les dimensions d'Issunboshi augmentaient progressivement, ainsi que tout ce qu'il portait sur lui, si bien que même sa minuscule aiguille atteignit très vite la taille d'une épée. Ils étaient tous les deux stupéfaits de ce qui venait de se produire sous leurs yeux. Heureux, ils s'en retournèrent main dans la main vers leur foyer.

Il ne fallut pas longtemps pour que la victoire d'Issunboshi sur l'*oni* fasse le tour du pays. C'est ainsi que rapidement, le premier souhait du jeune homme, celui qui l'avait mené à s'aventurer dans la capitale, se réalisa. Il devient un samouraï à part entière, et chaque fois qu'il y avait de gros ennuis à résoudre, impliquant des créatures étranges de toutes sortes, on sollicitait son avis précieux.

Sanjo lui accorda la main de Haru. Il s'était rendu compte que tous deux étaient désormais inséparables, et il leur offrit une magnifique demeure.

Issunboshi n'oublia pas ses parents, et il les invita à passer leurs vieux jours dans sa nouvelle maison.

Mais le plus important, c'était que Haru et Issunboshi y vécurent heureux, pour toujours.

À propos d'Issunboshi

Cette histoire présente de nombreuses similitudes avec la fable anglo-saxonne *Tom Pouce*. La partie qui y fait le plus penser est celle où le petit aventurier finit par être englouti par un géant, et il lui donne de grands coups de bâton dans l'estomac pour se libérer. Le nom même du protagoniste rappelle sa taille et l'unité de mesure. D'autres similitudes entre les deux histoires surviennent au début, si l'on prend en considération certaines des variantes existantes d'*Issunboshi*. Dans une de ces dernières, le tout petit jeune homme s'en va de la maison parce qu'il ne supporte plus d'être considéré comme un monstre même par ses parents, qui dans cette version sont tout sauf aimants. L'épisode de la grenouille en revanche n'est pas repris dans toutes les variantes, bien qu'il soit curieusement une des scènes de l'histoire les plus représentées dans l'art.

Dans une autre version, quand Issunboshi arrive à la

capitale, il est hébergé par le conseiller impérial, dont le nom en japonais est *Sangi*, qui ressemble beaucoup à Sanjo, c'est-à-dire le nom du samouraï du récit raconté ici. Là aussi, épris de la fille du conseiller, Issunboshi étudie un stratagème peu honorable pour la discréditer aux yeux de son père, obtenant ainsi le droit de l'emmener.

Dans différentes autres versions de la fable, Issunboshi ne devient pas samouraï, même s'il est appelé à la cour de l'empereur qui le nomme conseiller.

Dans une version de l'histoire, on ne parle pas de marteau magique mais d'un trésor en pièces d'or gardé dans le ventre de l'*oni*, qui se renverse au sol lorsque Issunboshi lui troue le ventre de l'intérieur. Le protagoniste grandit simplement en « récompense » pour avoir vaincu le monstre.

Enfin, certaines fois, il est rapporté que la taille du protagoniste après avoir grandi, d'environ six *shaku*[1] correspond à peine à plus d'un mètre quatre-vingt. Ceci est largement au-delà de la moyenne pour la période à laquelle se déroule l'histoire (époque Muromachi, à cheval entre le XIVe et le XVIe siècle).

[1] *Shaku* : unité de mesure correspondant à 10 *sun* (1 *sun* équivalant à 3 centimètres), soit environ 30 centimètres (NDE).

Kintaro, l'enfant d'or

On raconte qu'autrefois, au pied du mont Ashigara, vivaient une femme et son petit garçon du nom de Kintaro. Ils étaient très éloignés de tout village, et plus encore des grandes villes. Certains prétendaient que la femme s'était enfuie avec le petit d'un hameau mis à feu et à sang par la guerre, tandis que d'autres estimaient que le garçon avait été trouvé et qu'elle l'élevait par compassion car elle n'avait jamais eu d'enfants.

Ce que tout le monde savait avec certitude, c'est que Kintaro, depuis qu'il était en âge de se déplacer à quatre pattes, possédait une force plus grande que celle d'un adulte, et surtout une santé de fer. Sa croissance fut tellement rapide qu'elle laissa interdits le peu de bûcherons qui s'aventuraient dans les parages. Le *haragake* que sa mère lui confectionna en exagérant les mesures – au départ, il le recouvrait jusqu'aux pieds et le faisait trébucher –, lui alla très vite comme un gant, le libérant de tous ses mouvements.

Sur son *haragake* tout rouge, sa mère avait cousu l'idéogramme *kin*, le symbole initial du nom du petit. Il signifiait aussi « or ». Kintaro était son enfant d'or.

Il passait des journées entières dans la nature. Aucun climat ne semblait le déranger. Il ne craignait ni l'hiver glacé ni l'été étouffant. Le petit continuait à être animé par une énergie innée, et il commença à faire de longues promenades dans les montagnes, sans aucune crainte.

C'est ainsi que les lapins, les singes, les faons, les écureuils et les autres animaux firent plus ample connaissance avec cet enfant robuste et intrépide qui se baladait avec arrogance. Ils le gardèrent un peu à l'œil au début avant de tenter une approche craintive. Lorsque le garçon se montra amical envers eux, ils n'en eurent plus aucune peur, et comme il était souvent disponible pour les aider quand ils se trouvaient en difficulté, ils se mirent à le respecter, si bien qu'une grande partie d'entre eux le considérait désormais comme leur chef de bande.

En jouant avec les animaux, Kintaro apprit leur langue. Grâce à leur entente mutuelle, il pouvait leur demander ce qu'il voulait en cas de besoin. Avec le temps, il devint très ami avec un petit groupe composé d'un jeune cerf, d'un singe, d'un lièvre et d'un *tanuki*. Avec eux, il commença à organiser de vrais tournois de sumo. Au début, Kintaro réussissait à battre des animaux de petite taille, mais le *tanuki* et le cerf lui donnaient du fil à retordre. En grandissant encore et en s'entraînant avec eux pendant de longs mois, il fut rapidement capable de leur tenir tête à tous. Même s'il était tout petit, il lui suffisait de prendre le cerf par le cou et de forcer sur ses jambes pour le mettre à terre tôt ou tard. Désormais, les animaux les plus grands ne faisaient quasiment plus le poids, et très vite, comme plus aucun d'entre eux n'était assez doué pour le battre, on lui demandait de plus en plus de participer aux tournois en qualité d'arbitre.

Kintaro excellait aussi dans ce rôle, et se montra toujours inflexible et avisé, d'une maturité surprenante pour un enfant. De plus, il ne manquait jamais de récompenser le vainqueur d'une rencontre en lui donnant un des *onigiri* que sa mère lui avait préparés comme casse-croûte à grignoter lorsqu'il passait ses journées par monts et par vaux.

Pendant l'hiver, une grande partie des animaux allait hiberner dans sa tanière, et d'un coup, Kintaro se retrouvait tout seul. Mais ce n'est pas pour cela qu'il restait à paresser à la maison. Au contraire, il jouait dans la neige, seulement vêtu de son *haragake*, et cela semblait même le fortifier. En automne, il jouait à faire obstacle aux vents forts et aux tempêtes en se tenant fermement debout devant la maison sans s'envoler, en riant, heureux. En été, alors que tout le monde cherchait à se protéger du soleil cuisant et de la chaleur torride, il en profitait pour faire de longues baignades dans les rivières et les petits lacs, pendant des heures et des heures, sans jamais se fatiguer.

Lorsque Kintaro eut 5 ans, sa mère lui offrit un *masakari* tellement grand qu'il le dépassait en taille. Comme son âme était douce, il n'utilisa pas l'outil comme arme ni pour aller à la chasse : il s'en servit pour aider sa mère à rassembler du bois, en allant abattre des arbres. Ainsi, ses bras devinrent encore plus forts, et très vite, ils furent aussi musclés que ceux d'un adulte.

Un jour, les animaux du bois appelèrent Kintaro pour qu'il vienne avec eux ramasser des châtaignes au pic de l'Ours. C'était un lieu que tous craignaient car un des ours les plus gros et les plus féroces qu'on n'ait jamais vus y vivait. Mais Kintaro ne le savait pas et, l'esprit tranquille, il courut avec les autres animaux pour collecter ces fruits délicieux.

Le seul obstacle qui se dressa devant eux fut un grand ravin, un précipice qui séparait le pic du reste du pays. Le pont suspendu qui unissait les deux versants avait vraisemblablement été arraché par la dernière tempête.

Alors que tous s'étaient déjà résignés à rentrer à la maison, tristes et sans châtaignes, Kintaro voulut trouver une solution et construire un pont de fortune. Seul problème, même l'arbre le plus haut des environs n'était pas assez grand pour couvrir la bonne distance. En réalité, d'après lui, s'il avait fallu le couper, il aurait perdu une bonne partie de sa longueur. Kintaro rassembla alors ses forces et, en serrant les dents, il poussa le plus gros arbre jusqu'à le déraciner du sol. Le feuillage sur l'autre bord du précipice et les racines face à eux, l'enfant et ses amis animaux purent enfin passer.

Au début, ils ne trouvèrent pas de châtaignes mûres, et ils se dirigèrent vers le sommet de la montagne. Petit à petit, la petite bande commença à en voir. D'abord un petit peu, puis de plus en plus, et surtout, de plus en plus grosses. Certaines avaient la taille d'une pomme. Avec enthousiasme, ils se mirent à les ramasser. Tandis qu'ils étaient tous affairés, ils découvrirent que la légende du pic de l'Ours n'était pas qu'une histoire. Sur les troncs d'arbres, l'écorce était entamée par des marques d'énormes griffes, dont les dimensions dépassaient largement celles d'une bête ordinaire. Et bientôt, l'ours se manifesta.

Au milieu des branches, on entendit un grognement qui fit s'envoler tous les oiseaux des alentours, puis une immense masse noire cacha le soleil, jetant une ombre froide sur le petit groupe d'amis. Ils se mirent à courir dans toutes les directions, terrorisés, excepté Kintaro, qui resta là où il était. Le jeune garçon tenta de calmer la bête, en lui expliquant que ses compagnons et lui-même n'étaient pas là pour le chasser, mais seulement pour ramasser des châtaignes. En réponse, le gigantesque ours lui dit que c'était *son* territoire, et qu'il ne voulait pas y voir d'intrus, sous aucun prétexte. Il chercha à le frapper d'un coup de patte, mais Kintaro l'évita. Il se mit derrière la bête, grimpa sur ses épaules puis l'attrapa avec ses bras, petits mais puissants, et il commença à serrer, tel un étau d'acier, et il ne céda pas. Kintaro se mit à souffler de fatigue, et l'ours également, désorienté par cette incroyable démonstration de force venant d'une créature si petite. Mais l'enfant ne s'arrêta pas là : dans un dernier effort, il souleva la grosse bête du sol et la tint suspendue au-dessus de sa tête.

Les amis de Kintaro n'en crurent pas leurs yeux, et le lièvre dut reconnaître que les capacités de l'enfant, concernant le sumo, avaient vraiment augmenté au-delà des espérances. Incapable de se retenir, il annonça à voix haute la victoire de Kintaro, comme l'aurait fait un arbitre.

La gigantesque bête fut ensuite déposée délicatement au sol, n'arrivant pas à croire ce qu'il venait de se passer. Encore secouée, elle promit de laisser en paix les autres animaux qui s'aventureraient sur son territoire. Toutefois, avec le temps, l'ours se prit d'affection pour Kintaro, au point qu'il lui permettait de le chevaucher dans les bois, et ils devinrent amis.

Un jour, Kintaro et sa mère durent quitter la cabane dans laquelle ils vivaient à cause du mauvais temps. Ainsi, ils dépassèrent la forêt et se rendirent vers les sources thermales, près d'une grotte qui semblait confortable. En se dirigeant vers leur nouvelle demeure temporaire, ils ramassèrent des tubercules dont cette zone regorgeait. Arrivés à destination, ils en eurent tellement à disposition qu'ils pouvaient en garder pour les jours suivants. Ils allaient aussi pouvoir préparer un grand repas pour récupérer les forces perdues lors de cette dure journée de marche. La mère de Kintaro lui demanda de descendre à la rivière pour chercher de l'eau avec laquelle elle ferait cuire les tubercules, tandis qu'elle se serait occupée de les laver et de les éplucher, tout en préparant la grotte pour la nuit.

Kintaro rejoignit la rivière avec des seaux en bois. Lorsqu'il arriva, il sentit la présence de quelque chose d'énorme et de mystérieux près de la rive. En se penchant vers l'eau, il se rendit compte qu'il s'agissait d'un poisson. C'était la carpe la plus grande qu'il n'avait jamais vue, au moins trois ou quatre fois plus que lui. Kintaro ne put résister et plongea dans l'eau, oubliant pourquoi il était venu ici. Il suivit le poisson à la nage, et lorsqu'il le rattrapa, il s'empara de sa queue et se laissa traîner par le courant. La carpe s'enfonça pour le faire lâcher prise, mais le garçon en profita au contraire pour la faire remonter à la force de ses bras, et quand il eut atteint les nageoires latérales, il se hissa sur son dos. Le poisson, incrédule, jaillit hors de l'eau en cherchant à se débarrasser de l'intrus, mais Kintaro continuait de se serrer à lui à l'aide de ses bras et de ses jambes, enfilant ses doigts dans les branchies. La carpe plongea plusieurs fois, tourna sur elle-même et alla jusqu'à passer sous une cascade en espérant se libérer, mais rien n'y fit. Ce qui l'horripilait le plus, c'était qu'à chaque fois qu'elle sautait hors de l'eau, cela ne semblait même pas fatiguer le petit fourbe : il riait et s'amusait comme un fou.

C'est ainsi que la carpe se résigna et décida de se laisser chevaucher docilement, ramenant enfin le garçon à la rive. Kintaro descendit de son dos et la remercia d'avoir joué avec lui, heureux d'avoir enfin trouvé un concurrent plus fort que l'ours, après si longtemps. La carpe, perplexe, resta à haleter la bouche ouverte, puis comprit finalement qu'elle n'avait pas été la victime d'un prédateur, mais bien du jeu innocent d'un étrange petit homme. Alors elle se remplit la bouche d'eau et, pour rire, la recracha sur le visage de Kintaro qui, surpris, tomba à la renverse, les fesses dans un des deux seaux de bois, riant à gorge déployée. Cela lui rappela pourquoi il était ici, près de la rivière. Il se releva et recueillit toute l'eau qu'il put. La force de ses épaules résista sans difficulté au poids. Il salua la carpe et la remercia encore d'avoir joué avec lui, et il remonta en direction de la grotte, tout trempé mais joyeux.

Entre-temps, sa mère avait préparé pour le dîner quelques gros navets blancs pour accompagner les pommes de terre. Mais au dehors, une série de bruits la fit sursauter. Elle se dirigea à l'extérieur pour voir ce qu'il se passait. Cela ne pouvait certainement pas être Kintaro qui rentrait. Un tel vacarme devait être provoqué par de nombreux individus, plus gros en taille. Arrivée devant la grotte, elle dut se retenir de crier. Une harde de sangliers mettait le terrain sens dessus dessous, en cherchant à manger. Leurs griffes s'enfonçaient dans le sol, retournant de grosses mottes, en vain. Lorsqu'ils virent la femme, ils s'arrêtèrent tous d'un coup, et la fixèrent. Puis ils dirigèrent leur regard vers quelque chose qui se trouvait au-dessus d'elle, figés comme des soldats en attente d'un ordre. La femme leva les yeux à son tour et s'aperçut que, juste au-dessus de l'entrée de la grotte, un énorme sanglier au pelage presque entièrement blanc dominait toute la zone, et la regardait, affamé. Sa tête, du groin aux oreilles, était aussi grande qu'elle, et un souffle lourd et fétide s'échappait de sa gueule. La femme rentra immédiatement à l'intérieur de la grotte, terrorisée, et courut se saisir d'un couteau pour se défendre car il n'y avait aucun moyen d'en bloquer le seuil.

Le sanglier blanc, sans se démonter, descendit de son poste de garde et pénétra dans la grotte, en l'obstruant quasi entièrement avec son corps disproportionné. Puis, repérant dans un coin tous les tubercules, il se jeta dessus et commença à les dévorer rudement, avec de vulgaires grognements et d'horribles bruits de mandibules qui déchiraient la nourriture dans des jets de salive, sans faire la distinction entre les légumes et le sol sur lequel ils étaient amoncelés. La scène était dégoûtante, et la réserve de tubercules descendait à vue d'œil. Lorsqu'il ne resta plus rien, les autres sangliers du troupeau entrèrent et allèrent chercher quelque chose de comestible, tandis que le monstre blanc détourna son attention sur la femme, les griffes encore pleines de terre. De sa bouche tombaient des résidus de nourriture et de la salive foncée : il était vraiment affamé, et maintenant qu'il avait eu assez de végétaux, il s'avança vers elle, déterminé à entamer un repas de viande.

La femme attendit que la bête s'approche pour lui renifler le visage, le groin appuyé sur sa joue, et elle lui donna un coup de couteau. Le grand sanglier blanc, plus offensé que blessé physiquement, bougea brusquement sa gueule et frappa la pauvre femme de ses griffes, la faisant voler à l'autre bout de la caverne.

C'est à ce moment que survint Kintaro, qui entendit le cri de sa mère et se mit instantanément en alerte. Il l'appela à son tour et, pour réponse, n'obtint qu'un chœur enragé de grognements, suivi d'une charge de sangliers qui sortit de la grotte au pas de course. Kintaro attendit que les deux premiers soient à sa portée, puis, d'un geste soudain, il les abattit en leur lançant les deux seaux très lourds remplis d'eau. Les mains désormais libres, il brandit sa hache et se fraya un chemin au milieu des sangliers qui continuaient à sortir de la grotte. Les coups de son arme sur les grosses têtes et sur le dos des bêtes résonnèrent dans toute la forêt. Le bruit de la bataille fut même entendu au loin.

Un groupe de cinq hommes à cheval passait justement dans les environs et, depuis la crête de la montagne, ils cherchèrent à en identifier l'origine. En regardant vers le bas, en direction d'une petite clairière, ils virent une scène incroyable se dérouler devant une grotte. Un enfant tout seul tenait tête à plusieurs sangliers enragés, qu'il abattait l'un après l'autre avec une facilité déconcertante. Lorsque tout parut fini et que le silence fut revenu sur la vallée, un énorme animal au pelage blanc sortit de la caverne et se dirigea vers le petit, d'un pas lent et inexorable. Le gigantesque sanglier grogna pour annoncer son attaque, mais le garçon, au lieu de reculer et de fuir, courut à sa rencontre avec sa hache, lui sauta sur la gueule et fit claquer son arme sur son front. Le manche se brisa, et la lame vola plus loin sans même égratigner le monstre.

Avec un autre grognement assourdissant, la bête poussa la forte tête sur le côté et éjecta Kintaro à plusieurs mètres.

Un des hommes à cheval donna un ordre et tous se mirent à courir au secours de l'enfant. Alors qu'ils n'étaient plus très loin de lui, un énorme ours leur coupa la route en dévalant la pente à quatre pattes à travers la végétation touffue, suivi par un cerf, un lièvre, un singe et un *tanuki*. L'ours sauta les griffes en avant sur un flanc du sanglier et saisit son dos entre ses crocs. Les deux bêtes, qui avaient quasiment la même stature, roulèrent à terre et commencèrent une lutte acharnée et sans pitié. Kintaro réussit à se relever juste au moment où le sanglier blanc frappait l'ours au ventre, le laissant au sol, le souffle coupé et plié en deux par la douleur. Puis il vit le monstre se diriger de nouveau vers lui, enragé, les yeux à présent injectés de sang.

Kintaro prit de l'élan et s'accrocha à la gueule de la grosse bête, en serrant les bras et les jambes comme il l'avait fait peu de temps auparavant avec la carpe. Ainsi, il empêcha le sanglier de voir où il allait. Puis, lorsqu'il fut à proximité d'un précipice, Kintaro appuya ses pieds sur les deux défenses saillantes, prit son courage à deux mains et se hissa vers le crâne du sanglier. Il attrapa les deux grandes oreilles du monstre qui continuait à courir et les utilisa comme pivot pour faire une roulade et atterrir sur son dos. Puis il fonça vers le postérieur de la bête hors de contrôle et s'éloigna d'un bond.

Le monstre se retourna pour voir où avait atterri Kintaro et, ce faisant, il ne pensa pas à ralentir sa course. Le gouffre engloutit le sanglier blanc.

Kintaro se précipita vers la grotte où sa mère gisait, souffrante mais vivante, à cause du sérieux coup qu'elle avait reçu peu avant. Ses amis animaux, y compris l'ours, un peu boiteux, s'enlacèrent avec affection autour du garçon, craignant le pire pour la pauvre femme. C'est à ce moment-là que survinrent les hommes à cheval, qui lui prêtèrent immédiatement secours. Les eaux miraculeuses des sources thermales du mont Ashigara leur furent d'une grande aide : grâce aux soins portés par l'un des hommes, la mère du garçon fut rapidement hors de danger. Le chef de ces hommes se présenta. C'était un militaire haut gradé, employé à dénicher et à disperser les bandits disséminés dans les montagnes, et il rentrait de sa mission. Il expliqua combien la présence d'esprit, le courage et la force de Kintaro l'avaient impressionné, et il fit une proposition à la femme. Lorsqu'elle se serait complètement remise, il reviendrait le chercher pour l'emmener au palais, en ville, où il pourrait étudier et même apprendre les arts martiaux, parce que laisser un tel talent caché dans les bois aurait vraiment été du gâchis. Kintaro attendit la réponse de sa mère. Elle approuva, en caressant la tête de son fils et en lui souriant, rêvant d'un futur radieux pour lui.

Depuis lors, nombreuses sont les histoires qui ont parcouru les coteaux du mont Ashigara et des villes aux alentours, et on prétend que, des années plus tard, le célèbre et valeureux samouraï de Kyoto connu sous le nom de Kintoki Sakata ne serait autre que Kintaro devenu adulte.

Mais qui peut dire s'il s'agit d'une légende ou de la réalité ? Peut-être qu'il faudrait le demander à ce gros ours qu'on voit s'agiter pendant la nuit près de la résidence de ce jeune samouraï…

À propos de Kintaro

Le nom Kintaro est formé du mot *kin*, qui signifie « or », et de *Taro*, nom propre qui se retrouve souvent associé à d'autres idéogrammes, comme dans ce cas.

Il existe de nombreuses versions de cette histoire, qui diffèrent en particulier dans la partie initiale, celle qui concerne les origines de Kintaro.

Dans certaines d'entre elles, la mère de Kintaro est en réalité la très belle princesse Yaegiri, fille audacieuse du riche Shiman Choja di Jizodo, devenue épouse du samouraï Sakata (ou Kintoki, selon les versions) de la ville de Kaisei. Lorsque la famille de Sakata finit en disgrâce, Yaegiri, enceinte, est contrainte de retourner dans son village natal, où elle donne naissance au petit Kintaro.

En grandissant, le garçon décide de changer son nom en Kintoki et, après sa rencontre avec le samouraï Yorimitsu Minamoto (rapporté également sous le nom de Minamoto no Raiko), il le suit à Kyoto pour étudier et apprendre les arts martiaux, devenant ainsi le célèbre Kintoki Sakata.

Dans d'autres versions, la princesse Yaegiri est contrainte à fuir la guerre et meurt dans les forêts de la montagne, raison pour laquelle le petit Kintaro finit orphelin et entre les griffes d'une *yamauba* qui, pensant le manger au départ, décide de l'élever.

D'autres versions racontent qu'en réalité la *yamauba* ne serait autre que la princesse Yaegiri en personne, devenue vieille en apparence et mal vêtue à cause des conditions de vie difficiles dans la nature sauvage.

Mais d'autres encore donnent à Kintaro une naissance presque mythologique. En fait, Yaegiri n'aurait pas été enceinte en fuyant Kaisei, et la conception de Kintaro tirerait son origine d'un grondement de tonnerre provoqué par le Dragon Rouge du mont Ashigara.

La composition du petit groupe d'animaux amis de Kintaro varie selon les différentes versions de la fable. Parfois, un renard et un écureuil apparaissent, alors qu'il existe des variantes (celles dans lesquelles l'histoire inclut le final « historique » avec l'intervention de Yorimitsu Minamoto) dans lesquelles l'ours fait déjà partie du groupe dès le début, remplaçant le *tanuki*. D'autres fois, l'ours est en réalité une femelle avec de nombreux petits à sa suite. Dans une de ces versions, les rencontres de sumo ont une grande importance entre Kintaro et les animaux, pour mieux mettre en évidence la force physique du protagoniste, ainsi que sa capacité à être équitable et impartial dans la peau de l'arbitre.

Dans de nombreuses peintures et illustrations de Kintaro, il est représenté avec la peau de couleur entièrement rouge. Dans ces cas, le *haragake* ou tout autre vêtement qu'il porte, par contraste, est de couleur bleue.

Au Japon, le 5 mai, on fête le *Kodomo no Hi* (Jour des Enfants), une des *Gosekku*, les cinq principales fêtes du calendrier nippon. Parmi les traditions de cette fête nationale, les parents exposent une poupée représentant Kintaro, ou celle de Momotaro (voir la fable correspondante dans ce livre à la page 147) pour les petits garçons qui habitent la maison pour leur souhaiter d'acquérir la même force, la même résistance et le même succès dans leur vie que le très célèbre personnage.

Le zodiaque oriental contient 12 signes qui alternent chaque année. Lors de l'année du Sanglier (par exemple en 2007, en 2019, en 2031 et ainsi de suite), il n'est pas rare que cet animal soit représenté chevauché par Kintaro, rappelant la bataille épique racontée dans la fable.

Étant l'un des personnages nationaux les plus connus et appréciés, Kintaro apparaît également dans l'imaginaire moderne du Japon, par exemple dans le manga *Urusei Yatsura* et dans la série animée *Otogizoshi*. Il est aussi la source d'inspiration de personnages comme Sentomaru dans *One Piece*, Kintaro Toyama dans *Le Prince du tennis*, Gintoki Sakata (et son double Kintoki Sakata) dans *Gintama*. On le trouve enfin dans des jeux vidéo très récents tels que *Yokai Watch* où il apparaît dans une version féline comme Kintaronyan, ou canine dans la série animée américaine *Tortues Ninja*.

La bande des tanuki de Shojo

Le petit temple de Shojo tombait en disgrâce. Il était entouré de montagnes truffées de forêts qui regorgeaient d'animaux qui n'existent qu'au Japon, mi-chien mi-raton laveur, qu'on appelle *tanuki*. Pendant la nuit, les *tanuki* envahissaient le temple et y causaient toutes sortes de problèmes. Ils s'amusaient à organiser des fêtes, à danser dans le jardin, et à jouer du tambour sur leurs ventres ronds. À cause de cela, aucun moine ne résistait longtemps, et comme personne ne s'en occupait plus, l'édifice tombait littéralement en ruines.

Un jour, un célèbre prêtre eut vent de ce qu'il se passait à Shojo.

« C'est un véritable péché, dit-il, attristé. Je dois absolument aller vérifier de mes propres yeux, et tenter d'arranger un peu les choses. »

Après un long et périlleux voyage, il arriva au temple et fut choqué de voir à quel point il était dans un piètre état.

« C'est presque pire que ce que j'avais imaginé », pensa-t-il tandis qu'il prenait possession des lieux.

La nuit venue, les *tanuki* de la forêt entendirent le moine réciter des prières à l'intérieur du temple. Il y avait très longtemps que de telles litanies ne traversaient plus ces murs, et ce fut comme une douce musique à leurs oreilles. Cela faisait des lustres qu'ils n'avaient pas rendu fou un prêtre. Ils se regardèrent dans les yeux d'un air sournois et s'échangèrent des sourires malicieux.

Pokopon, le seigneur des *tanuki* de la forêt, appela ses sujets pour discuter d'un plan. Il fallait faire mettre le nouveau prêtre en rage et le faire fuir du temple, les jambes à son cou. Il confia cette tâche à deux *tanuki* en qui il avait pleine confiance.

« Ponta, Ponko ! Je m'en remets à vous pour la première attaque. Vous utiliserez la tactique habituelle, pour tâter le terrain.

— À vos ordres, chef ! Ce sera un plaisir ! »

Sur ces paroles, Ponta et Ponko se mirent à tourner sur eux-mêmes comme des toupies et, en moins de temps qu'il ne faut pour le dire, changèrent d'apparence. Ils étaient à présent complètement différents. Tout le monde ne le sait pas, mais les *tanuki* ont cette aptitude. Toutefois, ils font eux-mêmes en sorte que cela ne se sache pas trop.

« Bravo, vous vous êtes encore améliorés, commenta leur chef, satisfait. Et maintenant, ne tardez plus. Allez donc taper sur les nerfs de ce petit vieux. Qu'il s'en souvienne pour toutes les années qu'il lui reste à vivre ! »

Au temple, le prêtre était sur le point de terminer ses cantiques. Alors qu'il récitait les derniers mots, Ponta s'approcha en cachette sous son nouvel aspect et lui toucha une épaule pour attirer son attention. Le vieux moine se tourna et vit quelque chose, qui ressemblait à un enfant, lui tirer la langue. Mais celui-ci n'avait qu'un seul grand œil au milieu du visage.

Il avait entendu parler de ces petits cyclopes appelés *hitotsume kozo*, mais il pensait qu'il s'agissait seulement du fruit de la superstition des paysans et des pauvres gens, rien de plus que des légendes de *yokai*. Et pourtant, il y en avait un qui se tenait devant lui. Le prêtre ne put retenir un hurlement d'effroi.

Il recula de quelques pas, mais avant qu'il ne puisse se reprendre, une jeune femme très gracieuse et bien habillée fit son entrée dans la pièce.

« Bonsoir, mon père », dit la jeune fille d'un ton suave.

Ponko était également très doué pour changer de voix.

« Désirez-vous une bonne tasse de thé ? »

Métamorphosé, il tenait une théière par le manche et, tandis qu'il souriait au vieil homme, son cou commença à s'allonger démesurément, puis se tordit comme un répugnant serpent recouvert de peau humaine.

Le moine se souvint de récits à propos d'un *yokai* appelé *rokuro kubi* qui avait l'apparence d'un être humain, mais dont la tête pouvait se défaire du corps en volant, ou y rester accrochée en étirant le cou. Le pauvre homme cria à l'aide, mais évidemment personne ne pouvait l'entendre, perdu au milieu des montagnes et des forêts. Il courut hors du temple comme si ses souliers avaient pris feu, en trébuchant, tombant et se relevant continuellement, à une vitesse telle qu'il semblait avoir rajeuni d'un coup.

Les autres *tanuki* qui s'étaient rassemblés dans le jardin du temple pour assister au spectacle finirent les quatre fers en l'air, tant ils riaient. Puis, un à un, ils commencèrent à danser sur place en jouant du tambour sur leurs ventres, en faisant la fête. Ils avaient encore une fois réussi à faire fuir un moine du temple de Shojo.

Mais ils n'avaient pas la moindre idée de ce qui les attendait. Quelque temps plus tard, un nouveau prêtre arriva au temple. C'était un homme grand et costaud, aux bras puissants et musclés, et à l'aspect rude. Pokopon rebattit le rappel de ses *tanuki* pour mettre au point un autre plan.

Ponta, fort du succès de la fois précédente, décida de répéter le coup du petit cyclope taquin. Il tapa sur l'épaule du moine pendant que ce dernier priait, mais le résultat fut très loin du cri terrorisé auquel il s'attendait. Le grand prêtre se retourna d'un coup, dévisagea le petit *yokai* à un œil et lui donna une grosse claque.

Ponta courut hors du temple en tenant son nez qui lui faisait mal, et en gémissant de douleur, tandis qu'il se retransformait progressivement en *tanuki*.

« Il ba cassé le dez ! Ah, bon pauvre dez ! criait-il.

— Oh, arrête de te plaindre ! le réprimanda Pokopon. Si tu le rinces avec de l'eau fraîche du ruisseau, il sera dégonflé demain matin. Je n'ai jamais vu un prêtre casser un nez, et le tien ne l'est pas, c'est sûr ! »

Tandis que Ponta s'éloignait pour suivre les conseils du chef, il fut décidé d'envoyer Ponko pour une nouvelle tentative. Le moine accueillit la jeune fille en kimono sans sourciller. Puis, quand elle lui offrit du thé et lui tendit la tasse, son cou se mit à s'allonger et à s'allonger, pour ensuite ondoyer dans les airs, soutenant sa tête encore souriante. Mais l'homme ne broncha pas : il attrapa le long cou, le tira vers lui, et y fit un gros nœud.

Abasourdi et presque étouffé, Ponko porta ses mains à sa gorge en émettant des gargouillis et des sifflements, puis courut dehors en titubant, ne sachant pas s'il devait se retransformer en *tanuki* ou rester sous forme de *rokuro kubi*, pour éviter que son vrai cou ne subisse la même chose. Il retourna dans la forêt en faisant de maladroites tentatives pour défaire le nœud par lui-même.

« Je ne me serais jamais attendu à cela de ta part, dit le seigneur des *tanuki*, déçu, lorsque Ponko se retrouva devant lui. Il s'avère que ce prêtre n'est pas facilement effrayé par nos métamorphoses en *yokai*, spectres et fantômes. Nous devons donc inventer quelque chose de nouveau et de différent. Réfléchissons-y tous ! »

Il s'écoula un peu de temps, puis Ponta et Ponko proposèrent de faire déguerpir l'homme de la manière la plus simple que les *tanuki* avaient à disposition. Pokopon les félicita.

« Comme toujours, c'est dans les vieux pots qu'on fait les meilleures confitures. Donc, tous ventres et toutes pattes dehors, mes chers ! Cette nuit, Shojo connaîtra le plus grand concert de tambour qui n'ait jamais été donné dans ces montagnes ! Et si cette nuit ne suffit pas, nous continuerons toute la matinée et tout l'après-midi, jusqu'à la nuit prochaine, et jusqu'à la suivante, puis jusqu'à celle d'après. Ce moine ne devra pas fermer l'œil, *plus jamais*. Je voudrais voir combien de temps il résistera sans dormir, avant de s'en aller, pris de désespoir ! »

Un groupe formé de nombreux *tanuki* partit en direction du temple, en commençant à tambouriner un rythme syncopé sur leurs ventres gonflés et tendus comme de grosses caisses.

« Pom-poko-pom,
Pom-poko-pom,
Pom-poko-pom,
Pom-poko-pom… »

Ils jouaient en boucle, sans s'arrêter et sans jamais se fatiguer, avec insistance. Bien que le moine dormît profondément, ronflant comme un sonneur, ce fracas le réveilla sur-le-champ. Énervé, il ouvrit une porte donnant sur la cour, et cria de cesser tout ce bruit.

Les *tanuki* s'esclaffèrent et repartirent en riant et en montant les uns sur les autres, puis se dissimulèrent entre les ombres des arbres. Le grand prêtre se mit alors à leurs trousses, fulminant contre eux et les menaçant. Mais les *tanuki*, plus petits et plus rapides, lui échappaient en permanence, retournant vers le jardin ouvert, se cachant derrière le temple, puis se faufilant de nouveau entre les arbres et les buissons, sans jamais cesser de rire et de se moquer de lui. L'un d'entre eux se hasarda même à s'immobiliser pour jouer un nouveau morceau de tambour. Puis, il s'en alla en courant, l'homme s'étant à peine retourné pour l'attraper. Il courait par ici, puis par là, jusqu'à ce que l'obscurité vienne s'en mêler, et le moine trébucha sur une racine, se cogna la tête sur une roche dure, et s'évanouit.

Quand il se réveilla le matin suivant, il était encore dans le jardin, une énorme et douloureuse bosse sur le front. Et des arbres tout autour provenait le tambourinement insistant des *tanuki*…

« Pom-poko-pom,
Pom-poko-pom,
Pom-poko-pom,
Pom-poko-pom… »

Ce bruit résonnait de plus en plus fort dans sa tête. Il ne dit mot et, regardant le sol les sourcils froncés, il rassembla le peu d'affaires qu'il avait installées la veille, et quitta Shojo sans jamais y revenir. Les *tanuki*, évidemment, fêtèrent leur énième victoire avec des chants et des danses. Mais ce n'était pas terminé.

Peu de temps après, un autre homme se présenta aux portes du temple. Vu son apparence négligée, on pouvait seulement présumer qu'il était prêtre. Il ne portait que des guenilles sales, décousues et mal raccommodées. Il ne paraissait pas particulièrement propre, et il avait somme toute le même aspect que le temple : une ruine qui restait sur pied par on ne sait quel miracle. C'est peut-être à cause de cette ressemblance que le sanctuaire plut tout de suite au nouveau prêtre et qu'il décida de s'y installer.

Ponta et Ponko furent à nouveau convoqués, car leur stratégie pour chasser les humains n'avait désormais plus rien à prouver. Malgré le coup de poing reçu la fois précédente, ou plutôt pour se venger de l'humiliation subie, Ponta fut déterminé à retenter la combine du petit cyclope. Quelques *tanuki* levèrent les yeux au ciel, un autre marmonna qu'il aurait peut-être fallu faire preuve d'un peu plus d'imagination, mais en définitive, personne ne dit rien à haute voix.

Ponta se présenta au temple juste au moment où le moine déballait ses pauvres affaires sur le sol, sans même se donner la peine de nettoyer. Lorsqu'il le vit, il ne broncha pas. Ponta pointa alors un demi-mètre de langue vers lui.

« Bouh ! »

Le moine répondit par un grand sourire et lui donna une tape sur l'épaule.

« Mais quel sympathique petit ! Mon pauvre, comment se fait-il que tu n'aies qu'un œil ? Viens, viens, installe-toi donc ! J'allais dîner. Tu veux une boulette de riz ? Voilà, un beau *dango* rien que pour toi. Mange, ça te fera du bien ! »

Confus, Ponta retourna à la forêt en tenant encore en main la boulette, la regardant fixement, ne sachant que faire. Il dévisagea les autres *tanuki*, puis Pokopon, puis Ponko, puis de nouveau la boulette. Il l'engloutit, et il s'éloigna en mastiquant et en grognant quelque chose dans sa barbe, inconsolable.

Pokopon secoua la tête, et chargea Ponko de s'occuper du nouvel arrivant de Shojo, en lui recommandant d'utiliser un stratagème efficace. Ponko était disposé à répliquer son numéro de la jeune fille au cou de serpent, mais il évita de le déclarer publiquement étant donné la manière dont avait été accueillie l'ancienne stratégie de son complice.

Ainsi, lorsque la beauté en kimono se présenta au moine, ce dernier la fit entrer et accepta la tasse de thé qui lui était gentiment offerte. Quand il la lui servit, le cou de Ponko se mit à s'allonger, puis à onduler jusqu'à ce qu'il obtienne toute l'attention de l'homme. Une expression de stupeur apparut sur son visage, lorsque la tête se mit à faire un tour autour de lui, en l'enveloppant presque tout en restant à distance. Puis la tête revint sur le corps de la jeune fille, et le cou commença à bouger selon des mouvements courbes. Et le prêtre éclata de rire, en tapant dans ses mains.

« Mais c'est fantastique ! cria-t-il, enthousiaste. Comment est-ce que tu fais ? Viens, bois un peu de saké et raconte-moi comment fonctionne ce tour, je voudrais l'apprendre ! »

En riant, il continua à insister et à verser du vin de riz dans la tasse de la jeune fille. Puis il persista encore et lui servit de nouveau à boire.

Ponko prit le chemin de la forêt en titubant, ne pouvant retenir quelques sanglots. Il n'avait même pas pensé à reprendre sa forme normale de *tanuki*, traînant derrière lui sa tête au long, très long cou. Dans la main, il tenait toujours la dernière tasse de saké, mais il n'arrivait pas à la boire car sa bouche était trop éloignée de son corps. Quand il fut arrivé devant Pokopon, il ne trouva qu'une seule chose à dire :

« Santé ! »

Il se versa le vin dessus en pensant viser la bouche, et il tomba au sol, ivre mort.

Pokopon se massa les tempes, ferma les yeux et baissa la tête. Il était très déçu et commençait à perdre patience. Les *tanuki* restèrent silencieux pour éviter de le contrarier encore plus.

« Aux grands maux, les grands remèdes, déclara enfin Pokopon. Cette nuit, nous remettrons en œuvre le plan qui nous a permis de chasser l'énergumène de la dernière fois. À Shojo, personne ne fermera l'œil cette nuit ! »

Le moine avait à peine trouvé le sommeil qu'un énorme boucan éclata dehors, près du temple. Lorsqu'il rouvrit les yeux, il vit avancer dans la cour une véritable armada de *tanuki*, en train de jouer du tambour sur leurs ventres gonflés, en rythme.

« Pom-poko-pom,
Pom-poko-pom,
Pom-poko-pom,
Pom-poko-pom… »

Un véritable tapage assourdissant, qui laissa le prêtre bouche bée. Les *tanuki* étaient contents de leur opération. Mais la satisfaction fut de courte durée.

L'homme fit un grand sourire.

« Mais quelle beauté ! Je n'imaginais pas que dans cet endroit, il était possible de faire des choses si divertissantes ! Attendez-moi, je viens aussi ! »

Sitôt dit, sitôt fait. À demi nu, il se précipita dans la cour au milieu des *tanuki* perplexes, et il commença à danser parmi eux en se tapant les mains sur le ventre, en essayant de jouer le même air qu'eux.

« Pom-poko-pom,
Pom-poko-pom,
Pom-poko-pom,
Pom-poko-pom ! »

Les créatures étaient tellement stupéfaites qu'elles continuèrent à taper en rythme sur leurs ventres, tandis qu'elles observaient l'homme danser parmi elles tout heureux, comme si de rien n'était. Son ventre humain produisait un son différent des leurs, et un des *tanuki* le trouva vraiment drôle.

« Hi hi… On dirait qu'il donne des claques à quelqu'un !

— Il ne fait pas le son d'un vrai tambour, celui-là ! Eh eh…

— Ha ha… Mais il ne se rend pas compte à quel point il est ridicule ? »

Lorsque le prêtre prit conscience que les *tanuki* se moquaient de lui, il y mit encore plus d'entrain, en battant des mains toujours plus fort sur son ventre.

Pokopon croisa les bras et lui cria :

« Eh, toi ! Veux-tu arrêter ? C'est une affaire de *tanuki*. Un être humain ne peut pas faire la même chose ! Si tu continues comme cela, ton ventre va éclater, je te le garantis ! »

Mais le moine s'amusait tellement qu'il ne l'entendit pas, et il continua de se marteler le ventre avec les poings et les paumes pour tenter de produire un son différent. Jusqu'à ce que, à un certain point, une expression étrange apparut sur son visage. Il commença à chanceler, et tout à coup, il s'écroula au sol.

« Voilà, je vous l'avais bien dit ! commenta Pokopon, contrarié. Allez, portons-le sur nos épaules jusqu'au temple avant qu'il ne meure de froid ici, dehors, à moitié nu comme il est. Mais regardez un peu ! Comme si c'était à moi de m'occuper d'un humain… »

C'est ainsi que les *tanuki* changèrent leur programme. Au lieu de chasser le prêtre, ils prirent soin de lui. Et tout compte fait, ce n'est pas à contrecœur qu'ils le firent, car d'une manière ou d'une autre, ils avaient fini par le trouver sympathique.

Le jour suivant, l'homme se réveilla, un peu perdu, ne se souvenant pas bien de ce qu'il s'était passé. Petit à petit, la joyeuse fête au rythme des tambours lui revint en mémoire. Comme il croyait qu'il s'était évanoui à cause de son inattention, il décida de s'entraîner pour améliorer sa technique. Il se convainquit que ce n'était pas seulement une question de force : pour produire un meilleur son, il devait varier son approche, l'angle des coups et peut-être même la tension du ventre lui-même, et enfin, la manière d'incliner les mains et les doigts. Il s'exerça toute la matinée, convaincu qu'il pouvait obtenir un meilleur résultat en mettant les mains en coupe, ce qui produisait un son satisfaisant, sourd mais puissant. Il fit une petite pause pour déjeuner, puis il continua à s'entraîner tout l'après-midi avec détermination.

Cette nuit-là, le moine rejoignit les *tanuki* dans le jardin, au moment où ils arrivaient en masse de toute la forêt, et les accueillit avec joie. Ils jouèrent du tambour ou, plutôt, de leur ventre, pendant toute la nuit, chantant, dansant et faisant la fête, en s'amusant comme des fous tous ensemble, jusqu'aux premières lueurs de l'aube.

« Pom-poko-pom,
Pom-poko-pom,
Pom-poko-pom,
Pom-poko-pom ! »

L'homme jouait très bien, après avoir passé la journée à s'entraîner, et les *tanuki* étaient surpris car il était devenu meilleur qu'eux. Pokopon, en battant violemment ses pattes sur son ventre, incita les autres à faire de même. On n'avait jamais vu un humain qui sache mieux jouer de son ventre qu'un vrai *tanuki*. Ce serait une honte inédite ! Et le chef continuait à taper, de plus en plus fort, concentré sur son objectif, si bien qu'il ne se rendit pas compte que son gros ventre commençait à devenir rouge et gonflé, plus qu'il ne l'avait jamais été. Et il tapait, il tapait, il tapait, jusqu'à ce que… pom ! son ventre éclata, et il tomba à terre en le tenant entre les mains, se tordant de douleur.

« Aïe aïe aïe, mon pauvre ventre ! Faites quelque chose, vite ! » cria-t-il, alarmé.

Le prêtre courut rapidement au temple et il revint en un instant, apportant un bocal rempli d'une pommade qu'il commença à étaler vigoureusement sur le ventre de Pokopon. L'opération dura un certain temps. Tous les *tanuki* étaient rassemblés autour de leur chef dans une attente angoissante, pour savoir s'il s'en sortirait. Lorsque le moine eut fini d'appliquer de grandes quantités de ce baume, tous poussèrent un soupir de soulagement. Pokopon semblait aller beaucoup mieux, au point qu'il put se mettre debout sans l'aide de personne.

« Merci, merci beaucoup. Tout va bien maintenant, grâce aux soins de cet homme et à son remède, déclara-t-il, serein. Il n'y a plus de raison d'interrompre les chants et les danses, au contraire, c'est une raison de plus pour continuer ! *Tanuki*, allons-y ! »

Et en disant cela, il se donna un grand coup sur le ventre, regrettant aussitôt de l'avoir fait.

« Il vaut peut-être mieux que tu attendes quelque temps avant de recommencer à en jouer, l'avertit le prêtre. Abstiens-toi au moins jusqu'à la prochaine lune, et tu verras qu'il sera comme neuf. »

Puis il s'adressa aux autres *tanuki* :

« En ce qui vous concerne… Est-ce que vous êtes prêts ?

— Prêts ! » crièrent les *tanuki* de la forêt tous en chœur.

Pokopon s'assit sur une racine saillante et resta là à regarder, tandis que les siens s'unissaient au joyeux moine dans un concert de percussions.

Et c'est ainsi que depuis lors, à chaque fois que la pleine lune apparaît, les *tanuki* continuent à se rassembler dans le jardin de Shojo pour festoyer au son de leurs ventres, en souvenir de ce jour où ils devinrent amis avec un humain.

À propos des tanuki de Shojo

Shojoji, ou le temple de Shojo, théâtre de ce récit, se trouve à Kisarazu, dans la préfecture de Chiba. Vers mi-octobre, les enfants s'y rassemblent pour la traditionnelle danse des *tanuki*, où est commémorée la scène dans laquelle les bêtes bruyantes tapent sur leurs ventres comme sur des tambours. Les enfants chantent en même temps la petite chanson traditionnelle *Shojoji no Tanukibayashi,* composée en 1925 par Shinpei Nakayama, inspirée d'une poésie de 1919 d'Ujo Noguchi, basée elle sur des textes qu'il a regroupés lors de sa visite à Kisarazu la même année.

Le texte de la chanson rappelle la fable, et dit :

« Sho-Sho-Shojoji, dans le jardin de Shojoji !
La lune, la lune est sortie ! Allez, tous dehors !
Nous sommes tous amis !
Tapez sur vos ventres, mes amis !
Pom-poko-pom no pom !
Jamais, jamais, ne laisse jamais le moine te battre !
Venez, venez, rassemblez-vous tout autour !
Sho-Sho-Shojoji, les buissons de trèfle de Shojoji !
Regardez, regardez les fleurs à la lueur de la lune !
Nous sommes tous en fête !
Tapez sur vos ventres, mes amis !
Pom-poko-pom no pom ! »

D'après les habitants, l'histoire serait née d'une musique insolite aux origines inexplicables, à base de percussions et de flûtes, qui semblait venir du temple et de ses alentours.

Elle ressemble à d'autres légendes folkloriques de différents pays. Par exemple, en Cornouailles, on pensait que les *knockers* étaient responsables des mystérieuses percussions qui servaient – selon les différentes versions – à faire de simples blagues, à avertir les mineurs d'effondrements imminents dans les souterrains ou, au contraire, à en provoquer.

Aux États-Unis, on les appelle *tommyknockers*, et ils ont été importés par les immigrés de la région britannique. Stephen King a donné leur nom au titre d'un de ses romans, publié en France sous ce même titre, *Les Tommyknockers*. Un représentant de cette espèce apparaît aussi dans la série de romans *Les Chroniques de Spiderwick* de Tony DiTerlizzi et Holly Black.

En Italie, on trouve de mystérieux percussionnistes dispersés dans le folklore régional, et les plus célèbres sont les *Mazzarot di bosc* des Trois Vénétie, des lutins de la forêt qui se divertissent à taper en rythme sur des arbres et des roches par pur amusement, ce qui déconcerte parfois les humains

La princesse porte-vase

Il était une fois, dans la province de Kawachi – d'où naîtra plus tard la préfecture d'Osaka – une jolie enfant du nom de Hanako. Elle était très gentille et vivait dans une grande demeure à la campagne avec sa mère. Son père était toujours occupé et ne leur rendait presque jamais visite. La petite avait l'habitude de passer tout son temps dehors à s'amuser et à jouer du *koto* pour sa mère, et sa vie était somme toute heureuse. Mais toutes les belles choses ont une fin, et un funeste jour, des nuages obscurs commencèrent à s'amonceler à l'horizon. La santé de la mère, que la fillette aimait plus que tout au monde, devenait de plus en plus fragile. En très peu de temps, elle ne parvint presque plus à se lever du lit.

Un soir, Hanako se sentit particulièrement triste, si triste qu'elle décida de se rendre dans la chambre de sa mère et de s'asseoir à côté d'elle, posant la tête sur son tablier, comme quand elle était plus petite.

« Quand est-ce que tu guériras, Maman ? lui demanda-t-elle, tremblante.

— Tu ne dois pas t'inquiéter pour moi, ma petite, répondit la mère, avec tendresse mais d'une voix faible. Je vais bientôt m'en aller, mais j'irai dans un endroit très beau. C'est un endroit où, dans des années, nous nous retrouverons, et où nous serons à nouveau heureuses ensemble… »

La fillette regarda le visage pâle de sa mère.

« Ne t'en va pas, Maman. Ne me laisse pas toute seule… »

La mère sentit que les larmes lui montaient aux yeux, mais elle essaya de se retenir pour ne pas trop inquiéter sa fille. La gorge serrée, elle leva une main exsangue pour caresser sa petite tête avec effort.

Cette nuit-là, la mère ne réussit pas à dormir, malgré son état de faiblesse et la fatigue. Elle se demandait qui pourrait s'occuper de sa fille adorée après sa mort et, n'ayant pas confiance en la sensibilité de son mari, elle décida de s'adresser à la déesse de la Miséricorde. Elle pria, allongée dans son lit.

« Douce déesse Kannon, tu sais que je n'ai pas peur de quitter ce monde. Mais je m'inquiète pour Hanako… Comment puis-je m'assurer que rien, *rien* ne puisse jamais lui nuire quand je m'en serai allée ? »

Elle continua à prier pendant des heures, jusqu'à tard dans la nuit. Puis, exténuée, elle s'endormit enfin. À peine eut-elle fermé les yeux que la déesse de la Miséricorde lui apparut en rêve.

« Si tu désires vraiment que ton enfant soit heureuse et hors de danger pour le reste de sa vie, fais ce que je te dis. Prends un vase sans fleurs, retourne-le et fais-le-lui porter comme si c'était un chapeau. »

Après avoir prodigué son conseil, la déesse s'évapora, et la femme réussit à dormir profondément jusqu'au matin suivant. Quand elle se réveilla, son rêve lui revint à l'esprit, et surtout cette idée insolite de mettre un vase sur la tête de sa fille. Même si c'était étrange, la mère n'avait aucune raison de douter des paroles de Kannon, et elle fit en sorte d'exécuter ce qui lui avait été recommandé. Elle se leva très difficilement, récupéra un vase qui lui semblait adapté, appela sa fille et le posa délicatement sur elle, comme s'il s'agissait d'un grand chapeau. Le vase couvrait entièrement la tête de l'enfant, si bien que seule la pointe de son menton restait visible de dessous. Hanako pouvait voir autour d'elle en baissant le regard, mais à peine plus loin que ses pieds. Sa mère sourit. La petite était vraiment drôle avec ce couvre-chef, mais s'il permettait de la protéger pendant les années à venir, cela suffisait à la rendre heureuse. Elle pria encore pour la sécurité et le futur de sa fille, puis elle s'effondra délicatement sur son lit.

« Je crois que le moment est venu de m'en aller, mon enfant… À tout moment, et quoi qu'il arrive à partir d'aujourd'hui, rappelle-toi toujours que je continuerai à t'aimer… Toujours… »

La petite implora sa mère de rester. Elle pleura et l'embrassa longtemps. Mais, quelques instants plus tard, elle expira.

Les jours suivants, Hanako, inconsolable, devint silencieuse. Elle ne jouait plus et sortait rarement. Le père lui rendit visite seulement pendant les quelques semaines qui suivirent les funérailles, et contre toute attente, pas pour la réconforter.

« Je suis fatigué de te voir traîner dans la maison, et en plus avec cette chose enfilée sur ta tête. On dirait un porte-vase. Maintenant, ça suffit, dit-il sévèrement, en fronçant les sourcils. Je veux que tu l'enlèves immédiatement ! »

La fillette ne réagit pas. Agacé, l'homme se saisit du vase à deux mains et le tira fortement. Mais il resta solidement à sa place.

« Voilà, tu as vu ce qui arrive ? Tu es bloquée, petite idiote ! » lui cria-t-il.

Et de nouveau, il tira de toutes ses forces. Mais le vase ne plia pas. Il restait en place. Le père appela alors les domestiques en renfort, mais personne ne réussit à résoudre le problème, pas même en tirant fortement tous ensemble. Il semblait que la tête de la fillette était irrémédiablement coincée dans le vase, presque comme si elle en était devenue partie intégrante. C'est ainsi qu'il fut décidé de laisser les choses en l'état et, petit à petit, ils s'habituèrent à voir cette enfant se balader avec. Tout le monde, y compris son père, commença à l'appeler « princesse porte-vase » pour se moquer d'elle.

Un jour, de retour d'une de ses énièmes longues périodes d'absence, le père de la petite se présenta à la maison accompagné d'une jeune femme très belle, que personne dans la région n'avait vue auparavant.

« Père, qui est cette femme qui est venue avec toi ?

— Tu devras lui montrer beaucoup de respect, Hanako.

— Mais je ne la connais même pas…

— Eh bien, tu apprendras à la connaître, parce que c'est ta nouvelle mère. Tu devras lui obéir et la respecter, à partir d'aujourd'hui. »

La fillette resta silencieuse. Le concept de *nouvelle mère* lui glaça le sang, et le monde s'effondra sous ses pieds. Cependant, elle décida de faire ce que lui avait ordonné son père. Lors de sa première rencontre formelle avec sa marâtre, Hanako fit la révérence et se présenta.

« Je m'appelle Hanako. Ravie de faire votre connaissance, chère madame. Je suis honorée de votre présence dans cette demeure, et je m'en remets à vous pour les soins que vous me prodiguerez aimablement en tant que… en tant que nouvelle mère… » hésita-t-elle.

La jeune femme observa la fillette effectuer une révérence avec application, si profonde que le vase toucha le sol en faisant un bruit sourd. En entendant ce son, la marâtre ne put s'empêcher de rire.

Eh bien, au moins, elle semble être une personne joyeuse, pensa Hanako.

Mais ce que lui répondit la femme la fit immédiatement changer d'avis.

« On pourrait savoir comment il t'est venu à l'idée de mettre une chose pareille sur ta tête ? Tu es ridicule. Un petit monstre. File, éloigne-toi de mon regard. J'espère que je ne t'aurai pas trop souvent dans les pattes. Je ne le supporterais pas. »

Hanako était brisée. Cette femme était vraiment méchante avec elle, alors qu'elle se comportait avec toute la douceur possible en présence de son père. À présent, à chaque fois qu'elle se retrouvait seule avec Hanako, elle n'hésitait pas à la critiquer, à la ridiculiser et à la blesser ouvertement en différentes occasions. Pour la fillette, il était devenu très difficile d'endurer cette situation, et il lui venait souvent l'envie de pleurer. Mais elle résistait, sous son couvre-chef insolite. Les mois passèrent, jusqu'à ce qu'un jour froid d'hiver, la marâtre appela quelques-uns de ses domestiques les plus fidèles.

« Je suis fatiguée de voir cette morveuse se balader dans la maison, leur confia-t-elle. Je veux que vous m'en libériez le plus vite possible, et ce en toute discrétion.

— Comme vous voulez, madame. Nous pouvons l'emmener très loin d'ici et l'abandonner, pour qu'elle ne puisse pas rentrer. Tout le monde pensera qu'elle s'en est allée, et qu'elle s'est perdue.

— Très bien, je vous laisse faire. L'important est que personne ne sache qui vous en a donné l'ordre. »

Les domestiques de la marâtre furent congédiés et, dans la journée, ils mirent au point un plan. Ils enlevèrent Hanako sans que personne ne se rendît compte de rien. À cheval, ils parcoururent un long, un très long chemin dans la neige, traversant des bois et des rivières. Puis, ils s'arrêtèrent dans une clairière au milieu d'une forêt, au pied d'une montagne. Ils firent descendre Hanako de cheval et l'abandonnèrent là sans aucune explication. Pendant le voyage, la fillette n'avait jamais protesté ni ne s'était plainte, pas une seule fois.

À présent, elle se trouvait toute seule dans un lieu perdu, à on ne sait combien de distance de la maison, qui plus est dans la neige et le froid. Elle marcha longtemps avant de rejoindre un petit village, mais les choses ne s'arrangèrent pas. À peine fut-elle arrivée qu'un groupe de polissons la prit pour cible, se moquant d'elle et du vase qu'elle portait sur la tête. Ils commencèrent à lui jeter des cailloux, tandis que les adultes, au lieu de l'aider, riaient vulgairement d'elle.

Hanako fut contrainte de quitter le hameau, mais même si elle était humiliée et vexée, elle ne versa pas une larme. Curieusement, la seule chose qui l'avait protégée des jets de pierre était le vase qui lui couvrait la tête. Il était si dur et si grand qu'il avait servi de bouclier pour le reste de son corps. Elle commença ainsi à errer de village en village, vivant dans la misère et, souvent, dans la solitude. Elle trouvait rarement des personnes charitables disposées à l'aider, à lui offrir un abri ou même une simple parole d'encouragement. Malgré cela, elle lutta longtemps pour survivre, pendant des jours, puis des semaines, puis des mois. De temps en temps, une pensée fugace lui passait en tête, et il lui arrivait de se demander à quoi bon être née pour souffrir autant. Pourtant, Hanako continuait de faire son chemin et de résister à l'adversité. Elle le fit pendant si longtemps que de fillette, elle devint une jeune fille, connue dans la région sous différents noms, qui allaient de « vase qui marche » à « la va-nu-pieds au vase sur la tête » en passant par « tête de vase ». Désormais, elle n'y faisait plus attention. Ils pouvaient dire ce qu'ils voulaient, cela ne la blessait plus.

Pourtant, un jour, quelque chose changea. Au bord du fleuve, sur ce qui avait tout l'air d'être un quai d'embarquement, sa mère lui revint en mémoire. En regardant les eaux gelées et scintillantes, elle sentit que les larmes lui montaient aux yeux, et toute la tristesse qu'elle gardait en elle depuis si longtemps explosa. Désespérée, Hanako pleura, serrant les bras autour de son corps, recroquevillée, comme si tout le poids de ses mésaventures depuis le décès de sa mère lui était tombé dessus d'un coup. Elle leva un instant la tête, s'adressant au ciel :

« Pardonne-moi, Maman, mais je n'en peux plus. Je préfère venir avec toi, dans l'endroit dont tu m'as parlé sur ton lit de mort. Je t'en prie, tends-moi la main et accompagne-moi, comme ça, nous pourrons de nouveau être ensemble ! »

Et elle se laissa tomber dans le courant froid de la rivière. Les eaux se refermèrent sur elle, et la morsure glaciale des flots la tenailla si profondément qu'il lui sembla qu'on la mordait pour de vrai. Elle n'opposa aucune résistance ni ne se débattit, car elle était déterminée à en finir avec la vie ici, à ce moment-là. Mais il n'en fut pas ainsi. Petit à petit, elle commença à remonter vers la surface, entraînée par le vase et par l'air qu'il contenait. Ce couvre-chef encombrant la maintint à flot, l'empêchant de se noyer. Même si tout son corps restait englouti, la tête de Hanako était retenue au-dessus de l'eau, lui permettant de respirer.

C'est ainsi que la jeune fille flotta toute la nuit, portée par le courant, telle une embarcation bizarre, jusqu'à ce que les flots la transportent sur la rive aux premières lueurs de l'aube. Recouverte de boue et entortillée dans des algues, elle n'avait plus de forces, et fut incapable de se traîner au sec. Elle resta allongée où elle se trouvait, exténuée et humiliée. Ce fut seulement quelques heures plus tard, à la mi-journée, qu'un cavalier l'aperçut au loin tandis qu'il avançait en suivant le cours de la rivière. Il envoya immédiatement ses deux fidèles serviteurs lui porter secours. Pendant ce temps, il descendit de sa monture et sortit des couvertures de ses sacoches. Très rapidement, un petit campement fut préparé, un feu allumé, et lorsque les trois hommes se furent assurés que la jeune fille était encore vivante, après l'avoir réchauffée et séchée, ils essayèrent de lui parler. Le cavalier s'approcha d'elle très prudemment, en lui tendant une tasse de thé fumante. Puis il lui adressa la parole avec une infinie gentillesse.

« Comment est-ce que tu te sens ? » lui demanda-t-il.

Hanako resta silencieuse.

« Tu es tombée accidentellement dans la rivière, ou c'est quelqu'un qui t'y a poussée ? »

Hanako ne répondit pas et baissa les yeux.

« Comment est-ce que tu t'appelles ? Et pourquoi est-ce que tu as ce vase sur la tête ? »

Hanako détourna le regard, mais le jeune homme ne le remarqua pas, le vase cachant tout son visage.

« Je comprends, tu n'as pas envie de parler, lui concéda-t-il, patient. Quoi qu'il en soit, j'ai la nette impression que tu n'as pas d'endroit où rentrer. Si c'est le cas, tu peux venir avec nous et rester jusqu'à ce que tu aies récupéré des forces. »

Hanako ne répondit pas, mais se laissa emmener à la maison du jeune homme. Et quelle maison ! Il s'agissait en réalité d'un château. En entendant parler les deux serviteurs, elle put apprendre que son sauveur était le fils d'un célèbre samouraï. Ainsi, Hanako resta au château, où elle commença à travailler durement pour payer sa dette, bien que personne ne lui ait demandé de le faire. Le père du cavalier fut impressionné par cette jeune fille travailleuse, qui même sans prononcer un mot, donnait tout son être pour rendre la pareille. Sans jamais se plaindre, elle transportait de lourds seaux d'eau du puits au château, par deux, en les équilibrant sur ses épaules grâce à une perche. Les autres serviteurs du château étaient eux aussi surpris par son énergie et son dévouement, et ils se prirent d'affection pour elle. Pourtant, Hanako ne fit jamais confiance à personne, et elle ne raconta jamais qui elle était ni ce qui lui était arrivé. La jeune fille demeura un mystère pour tout le monde.

Un jour, tandis que Hanako était en train de nettoyer la réserve, elle aperçut quelque chose de familier entre les piles d'objets entassés. Un objet qui lui rappela immédiatement les jours heureux passés avec sa mère. C'était un *koto* à treize cordes, semblable à celui dont elle jouait enfant. Incapable de résister à la tentation, elle le posa sur le sol, le dépoussiéra, s'agenouilla devant lui et commença à en jouer. Elle craignait de ne plus se rappeler comment faire, mais en effleurant à peine les cordes, les gestes lui revinrent naturellement. Avec grâce et douceur, elle se mit à pincer les cordes, obtenant une des mélodies qui plaisait le plus à sa mère. Immergée dans cette musique, elle ferma les yeux et se laissa transporter, loin, en oubliant toute la souffrance qu'elle avait subie.

Le fils du samouraï entendit la mélopée depuis ses appartements. Sachant qu'il n'y avait au château aucun musicien ni personne capable de jouer du *koto*, il se demanda d'où venaient ces notes. Piqué par la curiosité, il se pressa dans les couloirs du palais jusqu'à ce qu'il arrive près de la réserve, et c'est alors qu'il la vit. Hanako tournait le dos à l'entrée, elle ne s'aperçut donc pas que le jeune homme l'écoutait et l'observait, émerveillé. Il n'avait jamais entendu une mélodie aussi douce et mélancolique en même temps, une mélodie qui lui donnait la sensation de voler, tout autant qu'elle lui infusait une profonde nostalgie dans le cœur. Il se rendit compte qu'il avait fermé les yeux et, quand tout à coup la musique s'arrêta, il les rouvrit brusquement. Hanako avait cessé de jouer dès qu'elle s'était aperçue que le gentilhomme la regardait. Dans la crainte, elle s'était éloignée de l'instrument. Le garçon la rassura immédiatement.

« Ta musique était magnifique, dit-il, encore impressionné. Comment une jeune fille comme toi peut-elle avoir appris à jouer du *koto* avec tant d'habileté ? »

Il s'approcha de Hanako, tandis qu'elle se retirait, mais sans se lever. Ce fut lui qui s'agenouilla près d'elle.

« Tu en joues comme seulement une princesse pourrait le faire, et ceci expliquerait certaines choses », dit-il.

Puis il médita un instant avant de continuer, se demandant s'il devait dévoiler ses pensées.

« J'ai toujours eu la sensation que tu n'étais pas une personne comme les autres. À la façon dont tu joues, il est certain que tu n'es pas une simple servante. Je t'en prie, une fois pour toutes… Dis-moi qui tu es vraiment, et d'où tu viens. »

Hanako aurait voulu que ce moment n'arrive jamais. Une honte profonde lui pénétra le cœur et, en repensant à l'épisode de la rivière et à la raison pour laquelle elle s'était retrouvée dans cette situation, elle ne put prononcer un mot. Puis, du coin de l'œil, elle regarda le *koto*, et encore une fois, le visage de sa mère lui revint en mémoire. C'était un visage souriant. Cela faisait longtemps qu'elle ne s'en était pas souvenue de cette manière. À chaque fois qu'elle avait pensé à sa mère, depuis qu'elle avait été chassée de la maison, elle se remémorait ses derniers jours de vie difficiles, tandis qu'elle fanait dans son lit comme une fleur sans lumière et sans eau. À présent, elle se rappelait le bonheur et le sourire encourageant qui l'avaient accompagnée toute son enfance.

Hanako se tourna vers le jeune homme et lui raconta son histoire. La voix de la jeune fille, sa manière de parler, son ton… Tout lui permettait de percevoir la grande douleur de son âme, causée par son funeste destin. Chaque événement était exposé avec une telle dignité et un tel calme que le jeune homme en fut bouleversé. Comment Hanako pouvait-elle avoir traversé de telles injustices et de telles mésaventures, et rester aussi candide qu'un lys et aussi résistante qu'un bambou ? Et tandis que Hanako continuait à parler, il réalisa qu'il était tombé amoureux d'elle.

Quelques jours s'écoulèrent pendant lesquels le jeune homme se sentit troublé, et il passa de longs moments seul, sans réussir d'aucune manière à éloigner de son esprit la voix de Hanako, d'autant plus que son visage était un mystère pour tous. Enfin, s'étant rendu compte qu'il ne pouvait plus se passer de sa présence, il décida de se confier à ses parents.

« Père, Mère. J'espère que ce que je vais vous dire ne va pas vous choquer, mais je ne peux plus garder cela pour moi.

— Qu'est-ce qui t'affecte, mon fils ? demanda la mère avec appréhension. Peu importe ce dont il s'agit, tu sais que tu peux avoir confiance en tes parents.

— Ne t'inquiète pas, Mère. Mes souffrances sont particulières. Il s'agit de celles qui concernent le cœur.

— Le cœur, mon fils ?

— Oui. En fait, j'ai décidé de me marier.

— C'est vraiment une bonne nouvelle, mon fils, commenta le père, tout à coup soulagé. C'était le moment de prendre une telle décision, pour un jeune homme de ton âge. Cela fait longtemps que je le souhaitais. Très bien alors, je ferai en sorte que te soit proposée une liste de candidates parmi les jeunes filles en âge de se marier dans les plus grandes familles nobles. Tu pourras les rencontrer rapidement et choisir…

— Je te remercie, Père, l'interrompit respectueusement le jeune homme, mais je sais déjà qui je veux épouser. »

Les parents regardèrent leur fils d'un air interrogatif, surpris de la nouvelle.

« Je suis amoureux de la femme que j'ai sauvée de la noyade près du fleuve. C'est elle, Hanako, que je désire prendre pour épouse. »

La mère fut à deux doigts de s'évanouir. Le père resta de marbre, tournant et retournant ces mots dans sa tête. Un serviteur assista à toute la scène de derrière un paravent. Il courut retrouver Hanako sur-le-champ pour tout lui raconter. Elle sentit alors son cœur s'arrêter. Qu'était-il en train d'arriver ? Peut-être que le valet avait mal entendu. Oui, il en était certainement ainsi. Ce ne devait être qu'une cruelle blague, même si elle avait peine à croire que le jeune cavalier qui l'avait sauvée puisse d'un seul coup se révéler si mesquin. D'une manière ou d'une autre, un noble comme lui n'avait sûrement aucune intention de prendre pour femme une malheureuse sans famille, avec en plus la tête enfilée dans un vase. Elle était perdue dans ses pensées lorsqu'elle entendit la voix du samouraï crier sur son fils avec dédain à travers les pièces du palais.

« Tu es devenu fou ! Mon fils n'épousera jamais une femme comme elle ! »

Et la mère ajouta :

« Par pitié, mon fils, reviens à la raison ! Pourquoi voudrais-tu une telle chose ? Cela n'a aucun sens !

— Père, Mère ! J'aime cette fille. Je vous en prie, donnez-moi votre bénédiction…

— Je ne te donnerai rien du tout ! rugit le père, furieux. Et même, veux-tu savoir ce que j'en pense ? Non seulement tu ne l'épouseras pas, mais tu n'épouseras personne ! Je crois que la vie monacale sera l'idéal pour te corriger, donc prépare-toi ! »

Hanako se rendit compte que cette affaire allait détruire la famille qui l'avait recueillie, et elle se sentit coupable. Le cavalier serait tombé amoureux d'elle en l'entendant jouer… ? Elle n'aurait jamais dû entrer dans cette réserve ni trouver le *koto*. D'ailleurs, elle n'aurait jamais dû accepter de suivre son sauveur jusqu'au château. Peut-être même qu'il eut été préférable pour tout le monde qu'elle se noie dans la rivière. Elle décida qu'il n'y avait qu'une chose à faire… Quitter la maison. Sans prévenir personne. Disparaître définitivement. Il n'y avait que cela qui pourrait les préserver. Peut-être que le jeune homme n'était pas épris d'elle, et qu'il n'éprouvait probablement que de la pitié. Si elle s'en allait tout de suite, il l'oublierait bien vite. Elle sortit rapidement, sans rien emporter avec elle, et traversa le jardin en courant. Mais le jeune homme la vit, et cria pour l'implorer de s'arrêter. Il courut derrière elle comme si rien d'autre au monde n'avait d'importance. Lorsqu'il la rattrapa, elle était déjà en train de franchir le portail. Il la saisit par une main pour la retenir.

« Pourquoi est-ce que tu veux t'en aller ? Sans toi à mes côtés, ma vie n'aurait plus aucun sens. Je t'en prie, reste… »

Ses mots étaient doux, mais ils furent brusquement interrompus. Les deux jeunes gens avaient été rejoints par le samouraï, furieux.

« Laisse cette femme partir immédiatement ! On ne doit plus la voir ici, et tu n'as pas le droit de penser à elle ! »

Pour toute réponse, le jeune homme prit Hanako dans ses bras et s'interposa entre elle et son père.

« Non ! Ou elle reste ici, ou je m'en vais avec elle ! »

Le visage du samouraï devint rouge. La rage semblait vouloir lui jaillir des yeux, et sa main se dirigea immédiatement vers la poignée du *katana*[1] qu'il portait.

« Si tu ne la laisses pas s'en aller tout de suite, je ferai en sorte que tu ne puisses plus jamais la voir ! »

---

[1] Katana : Véritable symbole des samouraïs, le *katana* est un sabre à lame courbe à un seul tranchant, de plus de 60 centimètres.

La mère les rejoignit à son tour et attrapa le bras de son époux, désormais prêt à commettre l'irréparable. La colère l'empêchait de raisonner. Tout semblait perdu. Mais tout à coup, il se produisit quelque chose d'incroyable.

Le vase sur la tête de Hanako commença à produire une lueur ténue, puis à briller, jusqu'à émettre une lumière intense comme celle du soleil, si bien qu'il était impossible de garder les yeux ouverts. Puis, d'un seul coup, le vase se recouvrit de fines fissures, telle une toile d'araignée, et il s'émietta en minuscules petits morceaux puis tomba immédiatement au sol, au pied de Hanako. Ce vase, qui était resté coincé pendant des années sur la tête de la jeune fille, avait en quelque sorte décidé que le moment était venu d'en révéler le visage. Et il était magnifique. On aurait pu croire à une apparition surnaturelle, tandis qu'un léger halo luminescent l'entourait encore. Hanako était stupéfaite par ce qu'il venait de se produire. Elle regarda autour d'elle. Le jeune homme, son père le samouraï, sa mère et les serviteurs la fixaient comme si une déesse avait décidé de visiter le monde et de se présenter à eux dans ce jardin. Quelqu'un tomba à genoux, la bouche ouverte, presque en extase. Le jeune homme s'approcha d'elle.

« Quoi qu'il se passe, où que tu désires aller, fais-le avec moi. Je suis prêt à tout abandonner afin d'être avec toi pour toujours. Tu seras ma princesse.

— Je… je ne suis pas une princesse… balbutia Hanako.

— Alors tu le deviendras, intervint le samouraï, laissant son *katana* tomber par terre. Je te demande pardon pour ma stupidité et ma colère. Ce n'était pas le vase que tu portais sur la tête qui m'empêchait de voir qui tu étais, mais mon imbécillité aveugle dictée par mon orgueil. »

Puis il s'adressa à son fils, tandis que la mère pleurait d'émotion et de joie :

« Même dans mes rêves les plus fous, je n'aurais jamais pu imaginer une meilleure épouse pour toi, mon fils. Vous avez ma bénédiction, et tout mon soutien pour votre mariage. »

Les noces furent bientôt célébrées, et ce fut un des mariages les plus beaux et les plus heureux que le monde n'ait jamais vu. Dire que tout avait commencé avec un vase coincé sur la tête de la petite Hanako, au départ source de mille mésaventures, qui en vérité l'avait toujours protégée. Le conseil d'une personne de confiance avec plus d'expérience que nous, aussi bizarre qu'il puisse paraître de prime abord, peut souvent se révéler le meilleur qu'on puisse recevoir.

À propos de la princesse porte-vase

Il existe de nombreuses variantes de cette histoire. Dans certaines, l'objet posé sur la tête de Hanako est un bol en bois, dans d'autres une poêle, tandis que la description des personnages secondaires et leur rôle varient sensiblement. Par exemple, dans certaines versions, les parents de Hanako sont aimants, pas seulement la mère. Dans d'autres, le père est un samouraï qui meurt sur le champ de bataille. En revanche, dans la majeure partie des versions, le nom de la protagoniste n'est jamais mentionné, et tout le monde l'appelle exclusivement par son surnom, pour justement se moquer d'elle. Dans certaines variantes, au début de l'histoire, Hanako est très jeune, dans d'autres elle a 10 ans, ou encore 13 ans. En outre, dans une de ces versions, c'est la marâtre en personne qui jette Hanako dans la rivière.

Dans certaines versions, c'est la mère du jeune homme (dernier de quatre fils, et non pas fils unique) qui s'oppose au mariage. C'est elle qui met en concurrence les fiancées potentielles dans le seul but de mettre Hanako dans l'embarras devant son fils, chose qui n'arrivera pas car la jeune fille excelle dans toutes les épreuves, chacune pensée pour mesurer la grâce, l'habileté, la beauté et la culture des participantes.

Dans une variante de cette version, il ne s'agit pas d'une compétition, bien que Hanako soit présentée à ses trois futures belles-sœurs dans le but de lui faire avoir honte d'elle-même. Hanako se rend compte de ce qui l'attend, et décide d'elle-même d'abandonner le palais. Une variante de l'histoire relate que la confrontation avec les belles-sœurs arrive après la révélation de la beauté de Hanako, qui fait ainsi son entrée en société en jouant du *koto*, tout le monde tombant sous le charme de sa grâce.

Enfin, dans certaines versions, le vase (ou le bol, ou la poêle) sur la tête de la protagoniste renferme un coffret dans lequel est contenu un petit trésor fait de perles et de pierres précieuses, qui, lors du final, révèle les origines nobles de la jeune fille.

Dans la version où le père de Hanako est lui aussi bienveillant envers sa fille, à la fin, tous deux se retrouvent lorsqu'elle va prier la déesse Kannon pour la remercier de lui avoir accordé un mariage heureux.

L'histoire originale remonte à l'époque de Muromachi (du XIVe au XVIe siècle), et c'est un long récit. Dans ce recueil figure la version réduite la plus connue de la tradition orale populaire.

Comme il a déjà été noté par le passé, cette fable contient des similitudes avec de célèbres fables occidentales, qui laisseraient entendre des origines communes avec les contes écrits par Charles Perrault ou les frères Grimm. Par exemple, la marâtre qui fait emmener l'héroïne dans les bois pour l'abandonner fait penser à *Blanche-Neige et les sept nains*. L'histoire d'une jeune fille orpheline de mère, maltraitée par sa marâtre et par ses futures belles-sœurs, tombée en disgrâce et cachée aux yeux d'un énième prince charmant rappelle la trame de *Cendrillon*.

Momotaro, l'enfant-pêche

Il y a très longtemps, dans un village éloigné de la ville, perdu en plein cœur de la campagne, vivait un couple âgé. Un beau jour, le mari sortit de la maison très tôt le matin et alla chercher du bois, comme à l'accoutumée. Peu après, la femme se rendit à la rivière avec un panier rempli de linge sale. C'était le jour de la lessive. Pour une fois, il lui arriva quelque chose de vraiment insolite. Tandis qu'elle était absorbée par sa tâche, elle remarqua quelque chose flotter bien gentiment sur la rivière, transporté par le courant. Il s'agissait d'une pêche. Jusqu'ici rien d'étrange. Mais lorsque le fruit se rapprocha d'elle, elle se rendit compte à quel point il était grand. Sa taille dépassait celle d'une pastèque. C'est pour cette raison qu'elle eut du mal à la traîner jusqu'à la rive. Sur le chemin du retour, elle dut s'arrêter à plusieurs reprises pour reprendre son souffle, car la pêche était plutôt lourde.

Ce soir-là, quand le vieux mari rentra à la maison chargé de bois, il vit l'énorme fruit et resta quelques instants bouche bée, les yeux écarquillés.

« Découpons-la tout de suite et goûtons-la », proposa-t-il.

Mais alors que la pointe du couteau creusa la chair, le gigantesque fruit se mit à trembler, à s'agiter à droite et à gauche, puis à sursauter de haut en bas. Le couple eut très peur et alla se réfugier dans un coin de la pièce.

« Comment est-il possible qu'elle bouge ? demanda la femme dans un filet de voix.

— C'est… c'est comme si elle était vivante », balbutia le mari en écarquillant les yeux.

D'un coup, la pêche s'arrêta et, comme si elle l'avait entendu, elle roula vers lui. Les deux petits vieux s'aplatirent contre le mur, ne sachant que faire, tremblants comme des feuilles. Puis l'homme se saisit du couteau et le brandit devant lui :

« Ne fais pas un pas de plus ! Plutôt… ne roule pas plus vers nous… Oui, enfin, tu as compris ce que je voulais dire… »

La pêche resta immobile, comme si elle hésitait. Puis, tout d'un coup, elle se jeta en avant et s'enfonça sur la lame. Les deux époux crièrent, terrorisés. Puis le couteau se mit à bouger, descendit lentement en fendant un côté du fruit sur quasiment toute sa hauteur et finit par tomber au sol. Deux minuscules mains sortirent de la fente, dos à dos, et commencèrent à séparer les deux parties. La pulpe du fruit céda, se déchira en deux, et de l'intérieur jaillit un petit garçon, tellement vif qu'il se mit aussitôt à courir dans la maison.

Les deux vieux époux étaient ébahis, mais une fois leur stupeur passée, ils explosèrent de joie. Ils n'avaient jamais eu d'enfants et ils décidèrent donc de l'adopter, de l'élever comme leur propre fils. Comme il était sorti d'une pêche, ils l'appelèrent Momotaro.

Le petit grandit exactement comme il était né, plein d'énergie. Dès le début, il montra qu'il avait une faim de loup. Il était tellement gourmand de riz qu'à chaque repas, il en prenait plusieurs bols, plus qu'un adulte de grande taille pouvait en avaler. Pour en demander encore, il tendait sa gamelle à ses parents, les fixant avec un curieux froncement de sourcils qui n'avait rien d'enfantin, et il ne bougeait pas tant qu'il n'avait pas été servi de nouveau. Le tout toujours en silence.

Plus Momotaro mangeait, plus il devenait fort. Si bien qu'à l'âge de 3 ans, il avait la force physique d'un adulte mais toujours la taille d'un enfant. On le voyait soulever de très lourds sacs de riz et abattre des arbres à coups de hache. Malgré tout cela, Momotaro ne disait jamais un mot, et ses vieux parents adoptifs ne l'expliquaient pas. Il était silencieux et, quoi qu'il fasse, son expression déterminée restait marquée sur son visage, si bien qu'à le regarder de près, même les tâches quotidiennes paraissaient avoir énormément d'importance pour lui. On aurait dit qu'il accomplissait une grande mission.

Bref, il ne soufflait mot, ni quand la vieille femme le câlinait ni quand le vieil homme jouait avec lui. De plus, les jeux d'enfants semblaient vraiment l'ennuyer, au point qu'il bâillait et donnait l'impression qu'il acceptait de se faire cajoler ou de jouer uniquement pour faire plaisir à ses parents. Il devait certainement penser à quelque chose dans sa petite tête.

Un jour, celui qui dans les alentours était appelé « l'enfant-pêche » déclara de but en blanc, d'une voix décidée :

« Père ! Mère ! J'ai pris une décision. Je pars pour exterminer les *oni* !

— Il a parlé ! Il a enfin parlé ! »

Tous deux étaient si heureux et surpris qu'ils commencèrent à danser autour du foyer en se tenant par la main. Puis, petit à petit, leur enthousiasme se mit à décliner, quand ils comprirent le sens des paroles du petit.

« Mais pourquoi une décision si soudaine, et pour une entreprise si risquée, mon fils ? demanda la mère.

— Ces démons sont vraiment très dangereux, ils infestent tout le pays, et on ne sait que trop bien que lors de leurs attaques nocturnes, ils enlèvent des gens, ils dérobent des objets précieux, et lorsqu'ils ne trouvent rien à leur goût, ils mettent des villages entiers à feu et à sang. Parfois, ils le font même s'ils trouvent ce qu'ils cherchaient !

— Je le sais bien, répondit-il, et c'est justement pour cette raison que j'ai décidé de partir pour Onigashima, l'île des *oni* ! Désormais, leurs jours sont comptés, à ces vilains garnements ! »

Conscients qu'ils n'auraient jamais réussi à faire changer d'avis leur fils au caractère bien trempé, les deux petits vieux se firent à l'idée.

« Aidez-moi à préparer mon voyage, comme cela je pourrai partir le plus vite possible ! »

Les anciens mirent les bouchées doubles pour préparer des vêtements et de la nourriture pour leur enfant. Le père utilisa des morceaux d'étoffe blanche et bleue pour lui coudre des habits, plus un *hachimaki*, à nouer autour de son front, qui affichait en son centre le dessin d'une pêche, et un drapeau *nobori* sur lequel étaient inscrits les idéogrammes de la devise japonaise *Nippon Ichi*, ou « le meilleur du Japon ». La mère, de son côté, lui prépara des *kibi dango*, pour lui permettre de manger un peu pendant son voyage en gardant la même vigueur et la même énergie, et elle les mit dans un petit sac suspendu à la ceinture de Momotaro. Puis, les larmes aux yeux, ils le saluèrent et le fixèrent du regard jusqu'à ce qu'il disparaisse à l'horizon.

En cours de route, Momotaro se rendit compte qu'il était suivi. C'était un chien, qui ne semblait pas avoir d'intentions hostiles. Au contraire, lorsque le garçon s'adressa à lui, il fut surpris.

« Cela fait longtemps que tu me suis. Que veux-tu ?

— J'ai l'impression que tu es celui que les gens surnomment l'enfant-pêche, dont on parle depuis des années. C'est bien cela ?

— C'est bien moi, en chair et en os. Je m'appelle Momotaro. Pourquoi mon identité t'intéresse-t-elle tant ?

— J'ai entendu que tu partais exterminer les *oni*. Je ne les porte pas non plus dans mon cœur. Ils ont dévasté le village où vivaient mes maîtres. J'ai vraiment très faim, et si tu me donnes un de tes *kibi dango*, je viendrai avec toi et je t'aiderai dans ta mission. »

Momotaro réfléchit un instant, puis décida qu'il n'avait rien contre.

« Marché conclu. Puisque pour toi une boulette entière serait trop grande, pour le moment je t'en donne seulement la moitié, puis nous verrons. Tu es d'accord ?

— J'accepte volontiers. »

Il lança au chien la part qui était convenue, et ce dernier la dévora en une seule bouchée tant il avait faim. Tout d'un coup, la bête retrouva toute sa vigueur.

« Ce *kibi dango* est exceptionnel ! Je ne me suis jamais senti autant en forme jusqu'aujourd'hui… C'est de la magie ?

— Non, ce sont les boulettes que ma mère a préparées avec amour, celles qui m'ont fait grandir. Voilà pourquoi tu te sens si bien. »

Le chien transpirait d'énergie par tous ses pores, et ainsi, ensemble, ils continuèrent leur chemin.

Peu de temps après, entre les roches, une ombre commença à se déplacer rapidement, comme pour garder un œil sur les deux voyageurs. Le premier à s'en rendre compte fut le chien, qui se mit à aboyer pour prévenir Momotaro. Puis il courut débusquer le propriétaire de l'ombre.

« Qui est là derrière ? Sors d'ici, ou c'est nous qui allons venir te trouver !

— Du calme, du calme », dit un petit singe embarrassé.

Il sortit à découvert, se soumettant au grognement du chien.

« Je ne vous veux aucun mal, seulement, je ne savais pas comment me présenter.

— Te présenter ? Pourquoi ? Que nous veux-tu ?

— Le bruit court qu'un homme très fort est parti d'un village avec sa monture à destination de l'île des *oni* pour les défaire, mais je n'ai vu que vous, un enfant et un chien…

— Le bouche-à-oreille doit avoir un peu modifié la réalité, mais dans l'ensemble, l'information est correcte. Je ne suis pas encore adulte, mais je suis plutôt fort, et ce chien s'est joint à moi en cours de route. C'est pourquoi tu n'en avais pas entendu parler.

— Ah, très bien alors. Eh bien, j'ai quelque chose à te proposer. Je voudrais t'accompagner pour combattre les *oni.* Leurs attaques ont détruit quasiment toutes mes réserves. En échange, je te demanderais seulement un de ces délicieux *kibi dango* qui pendent à ta ceinture… »

Momotaro regarda le chien, en songeant à la proposition, comme pour lui demander son avis.

« Je ne porte pas particulièrement les singes dans mon cœur, mais en ce qui me concerne, celui-ci n'a pas l'air de poser problème. Comme c'est toi le chef, c'est à toi que revient la décision finale.

— Très bien, alors tu peux te joindre à nous, dit Momotaro au singe, en lui lançant la moitié d'une boulette. Mais pour le moment tu devras te contenter de cette part. »

Le singe prit le morceau de boulette entre ses pattes et le dévora avec grand appétit. À peine l'eut-il englouti qu'il se dressa sur ses pattes arrière. Il fit trois saltos dans les airs et s'enthousiasma de l'énergie que lui avait apportée ce repas. Momotaro lui en expliqua les raisons, comme il l'avait fait avec le chien, puis la marche reprit son cours.

Au bout d'un moment, une nouvelle ombre commença à les survoler rapidement, plusieurs fois, en se cachant entre le feuillage des arbres. Le singe la garda à l'œil, puis il grimpa à toute vitesse sur un arbuste pour faire le guet, laissant ses deux amis prendre de l'avance. Après avoir compris à qui appartenait l'ombre, il la rejoignit et la débusqua puis appela ses compagnons.

« C'est juste un faisan, il n'y a aucun danger !

— Aucun danger ? C'est seulement parce que je n'ai pas d'intentions hostiles à votre encontre, mais je vous garantis que je sais en découdre !

— Pourquoi est-ce que tu nous suivais ? l'interrogea Momotaro.

— On dit qu'un grand guerrier est parti avec son armée à destination de l'île des *oni* pour les exterminer jusqu'au dernier. Je voulais me joindre à eux car ces démons capturent tous mes semblables pour en faire des rôtis ! Mais pour le moment, il n'y a que vous qui êtes passés, et je me demandais si vous aviez quelque chose à voir avec ces rumeurs…

— Encore une fois, le bouche-à-oreille a exagéré les choses, mais nous sommes bien les personnes dont tu parles.

— Eh bien, je me propose de vous aider dans cette entreprise. En échange, je demande seulement une de ces délicieuses boulettes de millet que tu portes dans le sachet suspendu à ta ceinture, car je suis vraiment…

— Un faisan dans la bataille ? s'interrogea le singe, dubitatif.

— Quel type d'aide penses-tu pouvoir apporter à la Compagnie de Momotaro ? se renseigna le chien.

— Oh, mais je sais très bien me débrouiller. Voilà ce que j'ai, dit-il en brandissant les ergots tranchants de ses pattes, provoquant le rire du singe. Voilà ce que j'ai, continua-il en sortant le cou pour montrer son bec, chose à laquelle le chien répondit en dressant une oreille et en penchant la tête sur le côté, perplexe. Mais surtout, voilà ce que j'ai ! conclut-il, en déployant ses grandes ailes.

— Très bien. Pour les ergots et le bec, nous verrons, mais des yeux capables de surveiller les environs depuis les hauteurs nous seront certainement utiles, finit par dire Momotaro. Si tu te contentes d'une demi-boulette, tu peux te joindre à nous.

— Je m'en contente, bien sûr ! »

Momotaro lança une moitié de *kibi dango* au faisan, qui la mangea à toute vitesse à coups de bec, jusqu'à la faire disparaître. Ayant récupéré des forces, il prit de l'élan et s'envola droit vers le ciel, dessinant quelques cercles rapides, avant de plonger droit devant ses nouveaux compagnons. En le voyant surpris par cette soudaine énergie, Momotaro lui en expliqua la raison, puis la marche reprit.

La compagnie avança, décidée et compacte. En passant dans les villages, ils chantaient tous ensemble :

« Place, place !
Momotaro arrive, c'est le plus fort de tous !
Courage, courage !
Il vaincra les *oni*, avec sa fière Compagnie ! »

Par monts et par vaux, sous la pluie et sous le soleil brûlant, la petite armée marcha sans s'arrêter, concentrée sur le but qu'elle voulait atteindre à tout prix. Le dévouement à leur cause poussait Momotaro et les siens à avancer sans relâche. Enfin arrivés sur la côte, ils se procurèrent une embarcation et se dirigèrent hardiment vers leur destination, ramant et ramant encore vers la montagne rocheuse qui émergeait des flots.

Momotaro invita le faisan à partir en reconnaissance, afin de rejoindre la rive sans être vus, tandis que le chien, le singe et lui-même abordaient en toute sécurité. Le volatile rusé survola le repaire des *oni*. En plus de découvrir que personne ne surveillait la mer, il remarqua quelque chose de très intéressant qu'il alla immédiatement rapporter à son chef.

« Je les ai vus de mes propres yeux, comme cela ! raconta-t-il. En ce moment, aucun de ces énergumènes ne nous gênera. Ils sont en train de fêter quelque chose, de chanter, danser et boire !

— Très bien, déclara Momotaro, la chance est avec nous. C'est une occasion rêvée pour les prendre par surprise, et avoir raison d'eux, même si nous sommes moins nombreux. Allons-y, la Compagnie ! »

Mais arrivés devant l'énorme grille des *oni*, nos quatre amis découvrirent qu'elle était fermée à clé. Sans se laisser abattre, Momotaro envoya le singe en mission, pour jeter un œil sur le mur d'enceinte en roche qui faisait de l'île une forteresse imprenable. La petite bête agile grimpa et explora longuement, jusqu'à ce qu'elle trouve une ouverture qui donnait sur l'intérieur. Elle s'y faufila et, aussi discrète qu'une ombre, descendit jusqu'à la grille et l'ouvrit. Lorsque la Compagnie de Momotaro franchit le seuil, tous les démons occupés à manger, à boire et à faire la fête restèrent bouche bée.

« Qui êtes-vous ? demanda un démon tout bleu, avec deux cornes qui lui sortaient des tempes.

— Et surtout, qu'est-ce que vous faites là ? questionna un autre, de couleur verte, avec une seule grosse corne sur le front.

— Je suis Momotaro, et voilà ma valeureuse Compagnie ! Vous ne mettrez plus le pays à feu et à sang, vilains brigands ! Arrachez-vous les cornes de la tête en signe de repentir et de soumission, sinon, vous aurez affaire à nous ! »

Les démons continuèrent de les regarder en silence, stupéfaits par tant de confiance. Un petit garçon, un chien, un singe et un faisan les menaçaient sans vergogne. Tous en chœur, les *oni* explosèrent d'un rire frénétique.

« Mais d'où sortent-ils, ceux-là ? demanda un démon jaune à trois cornes sur le sommet de la tête, riant aux larmes.

— Quelqu'un a appelé des clowns pour notre fê… ? »

Il n'eut pas le temps de finir sa phrase que Momotaro lui avait déjà sauté dessus. D'un violent coup de pied au milieu du visage, il l'envoya valser les quatre fers en l'air.

« Compagnie de Momotaro, bouches ouvertes ! » cria le petit garçon.

Le chien, le singe et le faisan obéirent à l'ordre insolite sans poser de questions. Lorsque les trois derniers morceaux de boulettes de millet volèrent dans leur direction, ils comprirent tout de suite. Ils les attrapèrent au vol, les dévorèrent et, tout d'un coup, se sentirent remplis d'énergie.

« À l'attaque ! » cria l'enfant-pêche.

Et la Compagnie se jeta dans la bataille. Ils étaient petits en comparaison des démons, mais beaucoup plus rapides et déterminés. Et surtout, aucun d'entre eux n'était ralenti par le poids de festins et de libations qui duraient depuis on ne sait quand.

Momotaro tapait de droite et de gauche, pieds, genoux, ventre, et lorsque les démons se pliaient de douleur, il se concentrait sur les mentons, les mâchoires, les nez. Les *oni* tombaient au sol, choqués. Le chien mordait des jarrets, des mollets et des fesses, freinant les charges des énergumènes. Quand ces derniers essayaient de l'attraper, il les croquait aux mains et aux bras, et il ne les lâchait plus. Le singe se lançait d'une tête à l'autre en griffant des nez, tirant des langues, des oreilles et des cheveux pour les distraire. Le faisan voltigeait devant leurs faces pour leur bloquer la vue et, à plusieurs reprises, leur donnait de douloureux coups de bec dans les yeux. Les démons étaient dans le marasme le plus complet. La confusion était telle qu'ils se heurtaient les uns aux autres dans la débandade générale et se criblaient de blessures plus graves que celles que la Compagnie aurait pu leur infliger. Aucun d'entre eux ne s'attendait à une chose pareille.

C'est alors qu'un épouvantable *oni* de couleur rouge avec une paire de cornes dressée sur le haut du crâne se manifesta. En bousculant ses semblables, il marcha comme une furie vers Momotaro, serrant dans un poing une masse de fer tellement énorme qu'elle semblait quasiment impossible à soulever, même pour un être d'une telle stature.

Momotaro l'observa, immobile.

« Vilain insecte ! Maintenant, tu vas voir ce qui arrive à ceux de ton espèce, quand ils se trouvent face au roi des *oni* ! » rugit le monstre.

Il fit pivoter la masse une seule fois, puis frappa l'enfant-pêche. Le bruit de l'impact résonna sur toute l'île. Le chien, le singe et le faisan détournèrent le regard. Ils n'avaient pas le cœur à voir leur chef écrabouillé au sol comme un moucheron. Les *oni*, eux, observaient les yeux grands ouverts, toujours plus incrédules.

Le silence était encore une fois tombé. Les trois compagnons de Momotaro levèrent la tête, et virent une chose impossible. Momotaro se tenait debout devant le roi des *oni*, les mains sur les hanches, bombant le torse et indemne. La masse était encore sur sa tête, et le monstrueux démon l'empoignait encore sans réaliser ce qui était arrivé.

Puis il comprit. *Tout le monde* comprit. Une fissure commença à sillonner la masse en partant du point d'impact, la tête de Momotaro, jusqu'au manche. Puis, simplement, elle se cassa net en deux parties, et tomba au sol. Le roi des *oni* pencha la tête pour regarder son arme détruite, par terre.

« Mais, comment est-ce possible… » se demanda-t-il à voix basse.

Momotaro ne répondit pas. Il fit en revanche un grand bond, puis d'un saut périlleux, il mit un coup de boule au milieu des cornes du démon, qui tomba à la renverse, étourdi, les pupilles tournant comme des toupies au fond de leurs orbites.

Le dos au mur, au centre des décombres et des *oni* tremblants de peur, pleins de bleus, de griffures, de morsures et de bosses, Momotaro força le roi à jurer de cesser ses incursions.

« Promets que toi et tes canailles laisserez le pays en paix une bonne fois pour toutes, ou je reviendrai ici et je m'occuperai de vous, définitivement !

— Je le promets, je le promets… Par pitié, cela suffit, tu as gagné… » dit-il, la voix faible.

En signe de respect, les démons s'arrachèrent les cornes à mains nues, puis ils chargèrent de trésors inestimables la barque de l'enfant-pêche. Alignés sur la rive, ils continuèrent à s'incliner jusqu'à ce que toute la Compagnie fût à bord.

« Permettez-moi de vous faciliter le départ, monsieur », dit le roi des *oni* avec une politesse inhabituelle.

Il se mit à genoux, prit une grande bouffée d'air et souffla sur la voile, jusqu'à ce que le navire prenne le large. Il le fit avec respect, bien sûr, mais en réalité, il avait hâte que ce petit ouragan de garçon s'éloigne de son île.

C'est ainsi que Momotaro rentra triomphant chez lui, pour le plus grand bonheur de ses vieux parents. Il fut couvert de compliments et d'honneurs, et nombreux retrouvèrent leurs objets les plus précieux parmi les trésors récupérés sur l'île des *oni*.

Mais le plus heureux de tous, c'était lui, Momotaro. En restant concentré sur ses objectifs sans jamais douter de lui-même ni de ses compagnons, il avait réussi contre toute attente à réaliser son rêve.

À propos de Momotaro

Depuis toujours, Momotaro est considéré comme l'emblème du dévouement. L'origine de son nom vient du fait qu'en japonais, *momo* signifie pêche. *Taro*, en revanche, est un nom masculin en soi, qui peut être ajouté en suffixe à d'autres mots pour les transformer en nom propre.

En ce qui concerne la tradition orale, l'histoire de Momotaro est originaire de l'époque de Muromachi (entre le XIVe et le XVIe siècle), alors que sous forme écrite, ses premières apparitions remontent à l'époque d'Edo (du XVIIe au XIXe siècle). Il existe une version de la fable dans laquelle Momotaro n'apparaît pas en sortant d'une pêche, mais comme n'importe quel autre enfant. La mère qui accouche de lui avait mangé peu avant une mystérieuse pêche trouvée dans la rivière.

Dans d'autres versions, surtout les plus anciennes, Momotaro n'est pas un enfant silencieux, au contraire.

À peine sorti de la pêche, il commence à parler. Il explique à ses parents que ce sont les dieux eux-mêmes qui l'ont envoyé, car ils avaient beaucoup prié pour avoir un fils, et leur dévotion avait été récompensée.

L'âge auquel Momotaro mène à bien son entreprise varie sensiblement selon les versions. Au XVIIIe siècle, il est souvent représenté comme un homme d'une trentaine d'années, et au XIXe siècle, comme un jeune homme d'environ 20 ans. D'autres textes des deux périodes précisent qu'au moment du départ de la maison, il était âgé de 15 ans et 6 mois. D'autres encore concordent sur le fait qu'il avait entre 15 et 16 ans. En définitive, l'âge de Momotaro a progressivement baissé au cours du temps. Cette tendance intéressante se manifeste aussi dans d'autres fables, parmi lesquelles celle de Kintaro, présente dans ce volume.

Certaines illustrations anciennes représentent les trois compagnons de Momotaro sous forme d'animaux anthropomorphes portant des armes. Dans certaines versions de la fable, le chien, le singe et le faisan se disputent souvent entre eux et, au départ, ils sont même hostiles à Momotaro. Pour ces raisons, on estime que la fable est née d'une allégorie, générée probablement de conflits entre trois guerriers – ou plutôt trois maisons –

réconciliés par un chef capable de les unir dans une mission contre un ennemi commun.

Dans une autre version de l'histoire, lorsque Momotaro débarque sur l'île des *oni*, il rencontre deux jeunes femmes occupées à laver les vêtements des démons dans un ruisseau. Il s'agit en réalité des filles de deux nobles, enlevées à leurs parents et réduites en esclavage par le roi des *oni*, sous menace constante de mort. Elles montrent à l'enfant-pêche une minuscule porte à l'arrière de la forteresse, par laquelle Momotaro et les siens s'introduisent en cachette pour prendre les adversaires par surprise. Dans une variante de cette même version, une des deux prisonnières devient à la fin l'épouse du protagoniste, tandis que le roi des *oni* ne reste pas sur l'île, mais est capturé et ramené au pays par Momotaro comme trophée et preuve de la réussite de son entreprise.

La fable est aussi racontée aux enfants pour les convaincre que bien manger permet de bien grandir et d'être vigoureux. C'est pourquoi de nombreuses versions mettent l'accent sur l'énergie donnée par les boulettes de millet préparées par la mère de Momotaro, très appréciées par ses compagnons d'aventure.

Chaque année, le 5 mai, dans la ville d'Inuyama dans la préfecture d'Aichi, est célébré le *Momotaro Matsuri*, la fête de Momotaro. Cette fête a lieu en même temps que le *Kodomo no Hi*, le jour des enfants, une des *Gosekku*, ou les cinq principales fêtes du calendrier nippon. À cette occasion, les parents exposent dans leur maison une poupée représentant Momotaro – ou Kintaro – pour souhaiter aux petits garçons d'acquérir la même détermination que le petit chef et la capacité de poursuivre ses objectifs.

Dans l'imaginaire japonais, une des plus célèbres représentations des personnages de la fable s'est incarnée dans une série animée télévisée de 1983 intitulée *Maho no Princess Minki Momo* ou *Minki Momo, la princesse de la magie* – vue en France sous le nom *Il était une fois Gigi*. Même si la série télévisée ne reprend d'aucune manière les événements de la fable originale, les personnages sont clairement identiques. Momo, la protagoniste, porte le même nom et ses cheveux sont couleur rose pêche. Ses plus fidèles amis sont un chien, un petit singe et un oiseau.

Une myriade d'autres personnages se réfèrent à Momotaro et à ses aventures et, dans certains cas, le personnage original apparaît dans des films et des séries télévisées, voire dans des séries d'animation ou en prise de vues réelles. Ses premières apparitions cinématographiques remontent aux dessins animés de propagande de guerre réalisés pendant la Seconde Guerre mondiale, parmi lesquels *Momotaro no Umiwashi* de 1943 et *Momotaro : Umi no Shinpei* de 1945, où le protagoniste incarne le Japon, tandis que les *oni* représentent les États-Unis et, selon certaines théories, leur île ne serait rien de moins que… Pearl Harbour.

Avant cela, il existait déjà une chansonnette d'introduction pour Momotaro, *Momotaro no Uta*, composée par Teiichi Okano en 1911, aujourd'hui encore populaire chez les enfants.

Tanabata

Après une dure journée de travail aux champs, un jeune homme du nom de Mikeran était sur le point de rentrer chez lui pour profiter d'un repos bien mérité. Au bord d'un petit lac, il aperçut quelque chose qui ondoyait au vent, suspendu aux branches d'un arbre. En s'approchant, il se rendit compte qu'il s'agissait d'une longue robe. Pourtant, elle ne ressemblait à rien qu'il eut déjà vu dans sa vie. Elle brillait d'une lumière unique, qui lui rappelait la lueur des étoiles, par une claire soirée d'été. Mikeran se dit qu'il était très chanceux d'avoir trouvé un trésor pareil, car cela devait valoir une fortune. Il grimpa sur l'arbre pour la récupérer et l'emporter, pensant la revendre pour gagner un peu d'argent. Il réussit à attraper la robe, la plia et la mit dans la hotte de bambou tressé qu'il portait sur les épaules.

Alors qu'il allait s'en aller, quelqu'un attira son attention d'une voix gracieuse.

« Monsieur… Je vous demande pardon, monsieur… »

Alors qu'il se croyait seul, Mikeran se retourna, surpris. Ce qu'il vit le laissa bouche bée : une jeune fille, sortant des eaux du lac et se frayant un chemin au milieu des herbes hautes, s'avançait vers lui. Elle était si resplendissante que sa beauté paraissait irréelle.

« S'il vous plaît, aimable monsieur, dit-elle doucement, comme si elle avait peur de le déranger. Pourriez-vous me rendre ma robe céleste ? »

Mikeran haleta, confus comme un poisson hors de l'eau.

« Je vous en prie, aimable monsieur, car sans elle, je ne pourrai pas rentrer dans ma demeure, dans le ciel.

— Dans… dans le ciel… ? » le questionna Mikeran, de plus en plus troublé.

La jeune femme avait les yeux brillants, comme si elle allait se mettre à pleurer. Sa voix commençait à trembler.

« Je ne suis pas un être humain, et je n'appartiens pas à ce monde. Lorsque j'ai vu les eaux claires et scintillantes de ce délicieux lac, j'ai décidé de m'y baigner, mais je n'aurais pas dû. Vous voyez maintenant dans quelle situation je me trouve… »

Mikeran balbutia quelque chose et balaya l'espace autour de lui, en faisant semblant de ne pas comprendre de quoi parlait la jeune femme, tout en sachant que la robe était cachée dans la hotte à ses épaules. Abasourdi et embarrassé, il ne s'était pas rendu compte qu'il était tombé amoureux de cette magnifique jeune fille au premier regard, et il ne voulait en aucun cas qu'elle s'en aille. Il était convaincu qu'à l'instant précis où il lui aurait rendu la robe, elle se serait envolée sans jamais revenir. C'est ainsi qu'il décida de faire semblant de l'aider.

« Même si je ne sais pas où se trouve votre robe, je peux vous aider à la chercher, proposa-t-il.

— Je vous remercie, aimable monsieur », répondit-elle, la voix tremblante.

Mikeran fit de son mieux pour être convaincant. Il fouilla longuement entre les herbes hautes et les roches, il regarda entre les feuilles des buissons et des arbustes, et il grimpa sur quelques arbres pour avoir, selon lui, une meilleure vue d'ensemble sur les alentours. Évidemment, il ne vit rien, à part la jeune femme qui frémissait, en attente de bonnes nouvelles. Quand il la rejoignit, il s'adressa à elle de manière affligée, en tentant de cacher l'embarras de son entreprise honteuse.

« Je suis vraiment désolé, mais je ne la trouve nulle part. Elle pourrait s'être envolée avec une rafale de vent, ou peut-être que quelqu'un l'a trouvée et a décidé de l'emporter… »

À ces paroles, la jeune femme tomba à genoux, en se tenant le visage dans les mains. Elle commença à sangloter. Quelques larmes glissèrent au sol. Elle semblait vraiment désespérée. Mikeran comprit qu'il avait exagéré.

« S'il te plaît, ne pleure pas… Tu verras, nous trouverons une solution. En attendant, pourquoi ne viens-tu pas chez moi ? Nous continuerons à chercher ta robe », proposa le garçon.

La jeune fille, ne sachant que faire d'autre, accepta son offre et suivit Mikeran chez lui.

« Je m'appelle Tanabata, dit-elle, et je te remercie infiniment de ta gentillesse.

— Je m'appelle Mikeran, et il ne faut pas me remercier », répondit-il en se sentant coupable et honteux de ce qu'il avait fait.

Il aurait voulu confesser que c'était lui qui avait la robe, mais il n'en eut pas le courage, craignant le jugement de Tanabata.

Dès lors, la jeune femme commença à vivre avec Mikeran. Petit à petit, elle se mit à éprouver de l'amour pour l'homme qui l'avait aidée et protégée. C'est ainsi qu'un jour, ils décidèrent de se marier, et ils vécurent de longues années ensemble, paisiblement. Bien que sa vie terrestre fût heureuse, Tanabata ne parvenait pas à oublier d'où elle venait, la demeure céleste, le monde auquel elle appartenait vraiment. Souvent, la nuit, alors que Mikeran dormait, elle sortait pour regarder les étoiles. Elle restait là longtemps, à sangloter et à pleurer à cause de la nostalgie qui lui serrait le cœur.

Tanabata possédait une colombe en guise d'animal domestique. Un jour, pendant que Mikeran travaillait aux champs, elle la vit donner des coups de bec entre les poutres du plafond de paille, comme si elle essayait d'en extraire quelque chose. Comme elle insistait, la jeune femme fut prise de curiosité, car elle n'arrivait pas à bien voir sur quoi l'oiseau s'acharnait autant. Soudain, la colombe attrapa quelque chose avec son bec et tira d'un coup sec, jusqu'à ce que la paille cède, laissant tomber au sol l'objet de tant d'attention. Tanabata ouvrit grand les yeux, incrédule. C'était sa robe.

La terre s'effondra sous ses pieds. Elle comprit que Mikeran lui avait menti depuis le début, que c'était lui qui lui avait volé sa robe, il y a des années, au lac. Il ne lui avait pas rendue, malgré sa demande implorante. Il l'avait même cachée pour empêcher que Tanabata ne le quitte.

Ce soir-là, lorsque Mikeran rentra des champs, sa femme l'attendait, comme d'habitude. Mais cette fois, son regard n'était pas doux comme à l'accoutumée, mais triste et sévère en même temps. Et surtout, elle portait sa robe céleste.

« Tu l'as finalement trouvée », dit Mikeran, désespéré et honteux.

Tanabata ne dit rien. Elle acquiesça seulement et, commençant à léviter, elle quitta le sol pour retourner à son monde d'origine. Mikeran tomba à genoux, la tête baissée, et, affligé, il se mit à pleurer en silence. Tanabata le vit et, malgré tout ce qu'il lui avait fait, elle éprouva de la compassion pour son mari, qu'elle avait tout de même aimé.

En flottant dans les airs, elle lui adressa la parole une dernière fois.

« Si vraiment tu m'aimes comme tu le prétends, malgré les mensonges que tu m'as dits, prouve-le-moi. Tresse mille paires de sandales, enterre-les, et plante dessus une pousse de bambou. Si tu y arrives, nous pourrons nous revoir. Sinon, tu ne me reverras plus jamais. Sache quand même que je t'attendrai toujours, mon amour. »

Mikeran, les larmes aux yeux et la gorge nouée, ne put rien faire d'autre que d'assister, impuissant, à la montée de sa femme au ciel, dans sa robe céleste scintillante. Elle devenait de plus en plus petite et de plus en plus lointaine. Puis il la perdit de vue, engloutie dans le firmament, entre les mille étoiles qui l'illuminaient.

Le jeune homme eut la certitude soudaine qu'il ne serait plus jamais heureux de sa vie, à moins qu'un jour, il puisse rejoindre sa bien-aimée. Il décida de se mettre immédiatement à l'œuvre pour accomplir l'ouvrage qui lui avait été donné. Cette nuit-là, il rassembla une montagne de brins de paille et les tailla à la dimension adaptée pour en faire des sandales. Vers l'aube, il avait toute la matière qu'il lui fallait. Il s'assit devant la maison et commença à tresser.

La première paire n'était pas terrible, à cause de son inexpérience. Mais il passa à la deuxième, puis à la troisième, et à la quatrième. Après la première dizaine de sandales, il s'aperçut qu'il avait appris les gestes fondamentaux, et il réussit à accélérer le travail et à être plus précis. Arriva le soir, puis la nuit, mais il continua à tresser, imperturbable. Pendant les deux premiers jours, il ne s'arrêta pas une seule fois, pas même pour manger ou dormir. Ses mains commencèrent à lui faire mal, à cause de ses mouvements continus, sans relâche, et de la paille qui lui trouait et lui taillait la peau. Mais il n'interrompit pas sa tâche. Il s'obstina avec ténacité, en persistant à penser à sa Tanabata qui s'était envolée.

Les jours et les nuits passèrent, ainsi que les semaines. La saison changea, puis changea encore, mais Mikeran ne s'arrêta jamais, sauf pour les quelques tâches qui lui permettaient à peine de survivre. Sa maison devint un dépôt de sandales tressées, qu'il allait compter à la fin de chaque journée. D'abord rassemblées dans des tas désordonnés, il les disposa en rangs pour aller plus vite et pour ne pas perdre le compte. Lorsqu'il n'eut plus de place sur le sol, il fit des piles dans tous les coins.

Un soir, alors que ses épaules le faisaient souffrir et qu'il ne pouvait plus bouger les doigts, il compta une dernière fois ses sandales avant d'aller se coucher. Mille paires, enfin. Il observa l'immense étendue de sandales, fatigué mais satisfait.

Ma tâche est terminée, pensa-t-il.

Et il s'effondra au sol en se massant les mains, l'esprit vidé. Puis, tout à coup, il se rendit compte qu'il y avait d'autres choses à faire, s'il voulait achever ce que lui avait demandé Tanabata. Il devait creuser un trou assez profond pour contenir toutes ces sandales, et ce n'était pas rien. Il se remit debout et, sans attendre, il prit ses outils et sortit pour commencer à creuser. Lorsque le soleil pointa à l'horizon, Mikeran était déjà en train de mettre les sandales dans le trou, d'abord en les transportant avec sa hotte, puis en en prenant même dans ses bras pour rentabiliser au maximum les voyages.

Quand il eut fini, le trou était plein. Après avoir repris son souffle et bu un peu d'eau, il commença à recouvrir le tas de chaussures avec entrain, créant ainsi une véritable butte artificielle. Il était tellement fatigué, il avait si faim et sommeil que sa tête tournait, mais il avait maintenant presque fini. Il ne restait qu'une dernière chose. Il se mit à la recherche d'une pousse de bambou qui puisse faire l'affaire, et quand il la trouva, il alla la planter sur la butte de terre qui recouvrait les mille paires de sandales.

Il s'effondra au sol, épuisé. Il avait terminé. À présent, il pouvait se reposer. Mais il n'en eut pas le temps. Le tas commença à trembler, et la pousse de bambou se mit à croître, et à croître, et à croître à une vitesse effrayante.

Le bambou grandit vite, c'est vrai, pensa Mikeran. *Mais là, ce n'est pas normal.*

Plus il poussait, plus son tronc devenait gros. Plus il devenait gros, plus il grandissait, à tel point que très vite, sa cime était si haute qu'elle semblait maintenant perdue dans les nuages. C'était peut-être le cas. Stupéfait, Mikeran admira ce miracle, et il comprit immédiatement ce qu'il devait faire : grimper.

Le moment de se reposer n'était pas encore arrivé. Il commença à escalader, poussé par une énergie toute nouvelle, comme si la fatigue de tout le temps passé à tresser les sandales et à creuser le sol n'était qu'un lointain souvenir. Il grimpa pendant plusieurs minutes, en glissant parfois après avoir manqué une prise, contraint à gravir de nouveau les précieuses branches perdues. Il avait mal aux doigts et sa tête tournait quand il regardait vers le bas. Il continua, imperturbable, comme si c'était la seule chose qu'il lui restait à faire dans sa vie. Désormais aveuglé par la sueur qui lui coulait dans les yeux, il continua sans voir où il allait, épuisé mais déterminé. Jusqu'à ce qu'il sente que quelque chose avait changé autour de lui.

Il s'essuya le front d'une seule main, se tenant fermement au tronc de l'autre, puis se frotta les yeux. D'une certaine manière, le ciel était proche, au-dessus de lui, comme le toit d'un édifice. Mais, curieusement, il ne pouvait pas l'atteindre, à cause d'un seul petit mètre. Le bambou n'avait pas assez grandi.

Ce que Mikeran ne savait pas, c'était que dans l'empressement, en comptant les sandales pour rejoindre sa Tanabata, il avait tressé et enterré seulement *neuf cent quatre-vingt-dix-neuf* paires, par mégarde. Désespéré, se sentant perdu, il appela Tanabata le plus fort qu'il put, tandis que la fatigue de tout ce temps passé à travailler sans arrêt lui tomba dessus d'un seul coup.

Tanabata était sur son métier à tisser, quand elle entendit quelqu'un crier son nom. Surprise, elle regarda par-delà son nuage et comprit qu'il s'agissait de son mari. Cramponné au sommet d'un énorme tronc de bambou, il l'appelait encore et encore.

Tanabata fit tomber un pan de sa longue robe céleste vers Mikeran. Quand il le remarqua, il leva les yeux jusqu'au nuage d'où Tanabata le faisait pendouiller pour attirer son attention, l'invitant à l'utiliser. Mikeran s'accrocha à la robe et se hissa tout en haut, au nuage de sa bien-aimée.

« Mikeran… Tu as vraiment réussi… dit-elle, n'arrivant toujours pas à y croire.

— Tanabata, mon amour, comme tu m'as manqué… » sanglota-t-il en l'embrassant, heureux.

Ils restèrent longtemps ainsi, enlacés tendrement, comme pour rattraper tout le temps passé loin l'un de l'autre, en se caressant les cheveux. Ils étaient tous deux si émus par leurs retrouvailles qu'ils ne se rendirent pas compte de l'apparition d'un homme à la longue barbe blanche, dont l'allure inspirait la crainte.

« Que se passe-t-il ici ? interrogea l'homme d'un ton qui résonna comme le tonnerre dans le ciel.

— Père, ne te mets pas en colère, tenta Tanabata pour le tranquilliser. Je te présente Mikeran. C'est mon mari. »

Mikeran fit une révérence profonde et respectueuse à son beau-père.

« C'est un honneur de vous rencontrer, monsieur.

— Ton *mari* ? dit l'homme en fronçant les sourcils. Tu ne m'avais pas dit que tu t'étais mariée. Je ne t'aurais de toute façon pas donné mon approbation pour que tu deviennes la femme d'un modeste humain. Et, dis-moi donc, qu'est-ce qu'il fait celui-là, dans le monde des humains, pour gagner sa vie ?

— Je travaille aux champs, monsieur, répondit Mikeran, en gardant sa tête inclinée en signe de respect.

— Un paysan, donc.

— Un paysan, monsieur. »

L'homme caressa sa longue barbe, en fixant le jeune homme et en marmonnant. Puis, il prit une décision et la communiqua à son gendre.

« Très bien, *paysan*. J'ai une tâche à te confier, comme cela, nous verrons tout de suite ce que tu vaux. »

Il lui indiqua de grands paniers pleins de graines.

« Prends ces graines et va les planter dans le champ des étoiles. Je te donne trois jours pour mener cette mission à bien.

— Ce sera fait, monsieur », confirma Mikeran dans une nouvelle révérence, en échangeant un coup d'œil inquiet avec Tanabata.

Ces paniers contenaient au moins un million de graines, ce qui signifiait qu'encore une fois, il n'aurait pas le temps de se reposer de toute cette fatigue accumulée. Et en plus, il devrait accomplir ce travail très vite. Mais il ne perdit pas courage, et dans la minute, il se mit à l'œuvre activement.

Avant la fin du troisième jour, toutes les graines avaient été plantées, comme il lui avait été demandé. Mikeran s'allongea au sol, les bras en croix, presque évanoui, le dos endolori. Il respira l'air frais en regardant vers le ciel. Le père de Tanabata n'attendit pas le coucher du soleil pour se manifester. Il observa l'œuvre du jeune homme, puis le rappela sévèrement.

« Idiot de paysan ! Pourquoi les as-tu plantées dans ce champ d'étoiles ? »

En un sursaut, Mikeran se reprit. Il se mit debout dans la seconde.

« Mais… comment… ? balbutia-t-il. J'ai fait ce que vous m'avez demandé, monsieur…

— Tu ne devais pas les planter dans *ce* champ, mais dans celui-là là-bas, stupide être humain ! Ramasse immédiatement toutes les graines et va les planter au bon endroit ! »

Les jambes de Mikeran se mirent à trembler. Comment allait-il réussir à faire une chose pareille ? Récupérer ce million de graines désormais plantées et mélangées à la terre, c'était impossible. À présent abattu et résigné à échouer, le jeune homme s'adressa à sa femme, découragé, craignant pour leur avenir commun.

« Ne t'inquiète pas, mon cher mari. J'ai une idée, dit Tanabata en essayant de lui remonter le moral. Tu te souviens de la colombe qui a trouvé la robe dans le plafond de notre maison ? Je suis certaine qu'en lui demandant d'appeler toute sa famille et ses amis à l'aide, ils pourront mener à bien ce défi. »

Sur ces mots, elle héla la colombe et lui parla doucement, en lui caressant les plumes. Lorsque l'oiseau acquiesça, Tanabata leva la main sur laquelle elle était posée pour l'aider à prendre son envol. Ils restèrent dans l'attente en silence. Mikeran craignait désormais le pire. Comment une simple colombe pouvait-elle venir à son secours ?

Mais le petit volatile blanc revint, et avec lui une volée d'au moins un millier de colombes, si grande qu'elle couvrait tout le ciel. Et chacune d'entre elles plongea en piqué vers le champ ensemencé par Mikeran, comme une énorme vague mousseuse blanche. Elles grattèrent le sol avec leurs pattes et leurs becs, recueillirent les graines une à une, pour ensuite aller les replanter dans l'autre champ étoilé. Elles continuèrent ainsi, allant d'un champ à l'autre, sans s'arrêter et sans donner aucun signe de défaillance, comme si c'était un jeu pour elles. En très peu de temps, tout fut terminé.

Lorsque le père de Tanabata fut informé que le modeste paysan humain avait réussi, il fut loin d'être enthousiaste. Il rumina longtemps en se demandant quelle autre mission impossible il pouvait assigner à son gendre non désiré. Finalement, un matin, il le fit appeler pour la lui annoncer.

« Ta nouvelle mission consiste à faire le garde au champ des pastèques pendant trois jours et trois nuits. Il se trouve dans la vallée des Cieux. Mais fais bien attention, l'avertit-il enfin. Pendant cette période, il t'est absolument interdit de manger et de boire quoi que ce soit. »

Mikeran fut surpris, car en comparaison avec les missions précédentes, celle-ci paraissait vraiment simple. Certes, il allait devoir résister à la faim et à la soif, mais pendant trois jours, il allait certainement réussir sans aucun problème. De plus, il avait tellement de fatigue en retard à rattraper que faire simplement le garde dans un champ de pastèques lui sembla une mission de tout repos.

Tanabata l'avertit qu'en réalité, ce ne serait pas une tâche facile.

« C'est plus difficile que tu le penses, mon cher mari. Je te conjure de toujours te souvenir que tu ne devras jamais, en aucun cas, manger ne serait-ce qu'une seule de ces pastèques sacrées. Promets-moi de ne pas le faire, je t'en prie, ou alors il se passera quelque chose d'absolument terrible. »

Mikeran jura solennellement qu'il ne se laisserait tenter sous aucun prétexte, et qu'il garderait le contrôle. Mais le jeune homme n'avait pas tenu compte d'une chose : le soleil cuisant qui brillait au-dessus de lui pendant toute la journée. Le premier jour, il résista stoïquement à la faim et à la soif. À la fin du deuxième jour, même en ignorant la faim, la soif eut raison de lui. Sa bouche était sèche, et le fait de suer en permanence le privait du peu d'eau que son corps réussissait à retenir. Au début du troisième jour, il n'avait même plus la force de tenir assis, et quand il commença à sentir des douleurs dans tout son corps, et que sa vue se brouilla, il attrapa une pastèque et croqua dedans, sans même enlever l'écorce. Il enfonça son visage dans cette succulente pulpe rouge et sucrée, qui étanchait à la fois sa faim et sa soif, et il ne réfléchit pas une seconde aux conséquences de son acte. Mais s'il ne l'avait pas fait à ce moment-là, il serait mort dans les minutes qui auraient suivi.

Tandis qu'il y songeait, un son lugubre sortit de la pastèque, un rugissement comme celui d'un barrage qu'on viendrait d'ouvrir. Un puissant jet d'eau provenant de l'intérieur du fruit emporta le pauvre jeune homme, l'envoyant valser les quatre fers en l'air. Le geyser devint ensuite un véritable torrent. Il continua de s'intensifier jusqu'à ce qu'il atteigne le niveau d'une rivière en crue.

Tanabata eut à peine le temps de voir Mikeran balayé par les eaux vers le côté le plus éloigné de la vallée des Cieux. Tous deux s'appelèrent en criant, désespérés, mais le courant était trop fort pour être affronté. Mikeran fut contraint de se hisser sur la rive opposée de celle où se trouvait Tanabata en larmes, et à rester là pour toujours.

Depuis lors, les deux époux continuent de se regarder, affligés, proches mais tragiquement éloignés, des deux rives opposées de la rivière jaillie de la pastèque sacrée, cette rivière que nous appelons aujourd'hui Voie lactée. Nous aussi pouvons les voir, en observant le ciel étoilé : l'étoile de Véga nous indique la position de Tanabata, Altaïr celle de Mikeran. Impatients, ils attendent tous les deux le seul jour de l'année où le père de Tanabata permet à sa fille de rejoindre son mari, le septième jour du septième mois.

À propos de Tanabata

Le festival de Tanabata fait partie des *Gosekku*, les cinq principales fêtes du calendrier nippon. À l'origine, il se fêtait le 7 juillet selon le calendrier lunaire, donc le 7 août selon le calendrier grégorien. Aujourd'hui, dans de nombreux endroits du Japon, on le fête dans la période autour du 7 juillet. Dans d'autres, les célébrations ont lieu le 7 août, par exemple à Sendai, dans la préfecture de Miyagi, où se déroule le plus grand festival de Tanabata de tout le Japon.

La légende a été en réalité importée de la Chine et, à l'origine, les protagonistes s'appelaient respectivement Zhinu et Niulang. Ce fut l'impératrice japonaise Koken qui l'introduit en 755 au pays du Soleil Levant, où elle commença à avoir une grande popularité à partir du XVIIe siècle. Elle est parfois célébrée avec des fêtes locales comme l'*Obon*, à la même période de l'année.

Il existe aussi des versions plus courtes de cette histoire, dans lesquelles c'est le père de Tanabata qui organise le mariage avec le paysan Mikeran car sa fille passe tout son temps à tisser des habits pour les autres divinités et qu'elle n'a pas de temps à consacrer à sa vie privée. Mais lorsqu'ils commencent à se fréquenter, leurs activités en pâtissent, et dans le cas de Tanabata, les divinités n'ont plus de vêtements à porter. C'est pour cette raison que le père décide de les séparer et de leur permettre de se voir une seule fois par an.

Dans d'autres versions de cette histoire, les protagonistes sont connus sous deux noms différents, soit Orihime (Tanabata) et Hikoboshi (Mikeran), et il est très explicitement dit que le père de la jeune fille est l'empereur Céleste.

Taro Urashima

On raconte qu'il y a bien longtemps, même très longtemps, dans un petit village de la province de Tango appelé Mizunoye, vivait un paisible pêcheur du nom de Taro Urashima. Il passait des journées entières à regarder le ciel, la mer et à se perdre dans l'horizon. Malgré son côté rêveur, il était considéré comme l'un des meilleurs pêcheurs des environs. On disait qu'il était même meilleur que son père, qui avait été le pêcheur le plus habile pendant des décennies. En ayant fait le compte, il s'était avéré qu'il était capable de ramener en une seule fois la même quantité de thons et de dorades que les autres réussissaient à capturer en une semaine.

Un soir, sa barque hissée hors de l'eau, Taro rentra comme d'habitude à la maison. Il entendit de grands cris sur la plage. Non loin de lui, il aperçut un groupe de garçons occupés à faire quelque chose d'étrange. Ils étaient tous rassemblés et regardaient dans la même direction, par terre, devant eux, en s'agitant, en criant et en riant. Taro s'approcha et découvrit enfin ce qui se passait. Les garçons embêtaient une tortue de mer. Ils la retournaient, la faisaient rouler et la bousculaient sans arrêt avec un bâton. Chacun son tour, ils s'amusaient à lui taper sur la carapace avec une pierre, puis à essayer de lui tirer la tête, cruellement. La tortue était terrorisée et incapable de fuir. Le paisible pêcheur, ne supportant pas l'idée de voir ainsi maltraitée une créature sans défense, courut l'aider sur-le-champ.

« Les garçons, mais qu'est-ce que vous faites ? Laissez donc cette pauvre bête en paix, que vous a-t-elle fait ?

— Rien du tout, M. Urashima. On s'amuse seulement un peu, dit l'enfant le plus petit du groupe, tirant avec ses doigts une des nageoires de la tortue.

— Les animaux ont peur et ressentent la douleur exactement comme nous, êtres humains, vous ne le savez pas ? »

Les garnements s'arrêtèrent un instant, et regardèrent Taro, bouche bée.

Peut-être qu'ils n'ont jamais envisagé cette possibilité, pensa Taro.

« Mais non, elle ne sent rien, c'est un animal ! » dit le garçon le plus grand.

Et avec l'aide des autres, il retourna à nouveau la tortue sur le dos, et commença à la faire tourner comme une toupie. Taro était abasourdi. Bien sûr, ces garnements ne se comportaient pas ainsi par méchanceté, mais par ignorance. Ils n'auraient pas compris, même s'il leur avait expliqué dans d'autres termes. Alors il ne lui resta plus qu'à détourner leur attention sur quelque chose de complètement différent. Il sortit la seule pièce qu'il avait dans sa poche et il la tint devant lui jusqu'à ce que les garçons la remarquent.

« Voilà, je veux *acheter* votre tortue. Si vous me la laissez, cette pièce est toute à vous. »

Ils furent de nouveau bouche bée, fixant l'objet brillant. Un long fil de morve coula du nez du plus petit. Ils acceptèrent avec enthousiasme, en chœur. Le plus grand empocha la pièce et s'en alla en courant, suivi par les autres, qui criaient déjà leurs idées pour la dépenser. Ils commencèrent à se disputer pour d'évidentes divergences d'opinions.

Taro attrapa la tortue, la remit dans sa position naturelle et s'éloigna de quelques pas pour qu'elle se sente en sécurité. Après quelques instants, la bestiole sortit de sa carapace, et elle se tourna vers le pêcheur, en hochant deux ou trois fois la tête, comme si elle le remerciait.

« De rien, de rien, lui répondit-il, souriant à cette idée, et en la saluant d'un geste de la main. Maintenant, va-t'en, et essaie de ne plus te faire capturer. On dit que les tortues vivent trois mille ans, je te souhaite de les passer à l'abri du danger, à nager dans la mer et à profiter de toutes les merveilles là-dessous, que je n'aurai jamais la chance de voir. Adieu, petite amie. »

Il se remit en route, et quand il se retourna une dernière fois, il vit la tortue plonger dans l'eau et prendre le large. Avant de se diriger vers les profondeurs, elle jeta un regard vers la rive, en direction de Taro, qui la salua de la main.

Le jour suivant, Taro sortit très tôt, en même temps que tous les autres pêcheurs. Il poussa sa barque à l'eau et commença à ramer. Il se sentait vraiment de bonne humeur. Au fur et à mesure que les rayons du soleil pointaient à l'horizon, il eut l'impression que tout ce qui l'entourait était soudainement plus beau qu'à l'accoutumée. Faire des actions louables offre toujours cette petite impression d'extase.

Tout à coup, le fond de sa barque heurta quelque chose, et Taro se dépêcha de vérifier qu'il ne s'agissait pas d'un rocher. Une brèche dans la coque à cette distance de la rive aurait vraiment été compromettante. Lorsqu'il se pencha, ce qui lui apparut à première vue fut justement un petit rocher, mais en l'examinant de plus près, il se rendit compte qu'il s'agissait d'une carapace de tortue, celle-là même qu'il avait sauvée la veille. L'animal leva la tête et, à la grande surprise de Taro, il se mit à parler :

« Brave pêcheur, il me semble que je ne t'ai pas remercié de m'avoir aidé, hier. Je suis revenu te chercher car j'aimerais te dire merci.

— Tu n'as pas besoin de me remercier. Je n'ai fait que mon devoir. Je ne pouvais pas te laisser souffrir de cette manière.

— Eh bien, moi je crois qu'il serait juste de te remercier. J'ai pensé à quelque chose qui pourrait te plaire. J'imagine que tu n'as jamais vu Ryugujo, le palais du Roi Dragon, au fond de la mer, n'est-ce pas ?

— Le palais du Roi Dragon ? Ma foi, non. D'abord, tout le monde croit qu'il s'agit d'une légende, et personne ne s'est donné la peine de le chercher. Je navigue avec ma barque sur les côtes et au large depuis de nombreuses années, mais je n'ai jamais vu de preuves de son existence. De plus, même si tu savais où il se trouvait, nous ne pourrions pas nous y rendre car il m'est impossible de descendre au fond de la mer… »

L'animal fit un sourire *tortuesque*.

« Alors aujourd'hui, c'est ton jour de chance, Taro. Car je sais que le palais est réel, et je sais même comment y aller. Mais surtout, je peux t'accompagner.

— Et comment est-ce possible ?

— Monte sur ma carapace, et laisse-moi faire.

— Mais… comment ferai-je pour respirer, quand tu plongeras dans les profondeurs ?

— Oh, comme tu l'as toujours fait, Taro. »

Taro était sceptique. La proposition était alléchante, et la tortue semblait sincère, en plus d'être inoffensive et évidemment très reconnaissante. Il décida de tenter sa chance. Il monta sur sa carapace, s'y installa les jambes croisées, et il attendit.

La tortue fit un petit tour à la surface pour laisser le temps à Taro de s'habituer au mouvement. Lorsqu'il se sentit plus à l'aise, la tortue lui conseilla de se cramponner, plongea et descendit sous l'eau.

Au début, Taro bloquait son souffle, instinctivement. La surface, au-dessus de lui, s'éloignait rapidement, ce qui l'inquiétait. Lorsque ses poumons se mirent à le brûler, il ne put se retenir davantage et il inspira, convaincu qu'il allait se noyer. Mais non. L'eau entrait et sortait de ses poumons comme si c'était de l'air, et il se rendit compte qu'il pouvait respirer normalement, exactement tel que la tortue l'avait prédit. Après un moment de stupeur, il se mit à regarder autour de lui, et il vit la mer qu'il aimait tant. Pour la première fois, il la contemplait du dessous, comme si lui aussi était un poisson. Il découvrit que ses vêtements restaient étrangement secs, et qu'en plus de respirer, il pouvait parler sans aucun problème.

Il recommença à converser avec la tortue sur les merveilles marines qui l'entouraient. Ils passèrent à côté d'un immense banc de méduses pâles qui émettaient des lueurs intermittentes. Ils croisèrent la route d'une paisible baleine qui le salua de son chant. Ils suivirent un sentier formé de petites lueurs flottantes qui se révélèrent être les filaments lumineux d'un long cortège de baudroies, allumés spécialement pour leur indiquer la voie dans un passage de rochers. Lorsque ce seuil fut franchi, Taro, stupéfait, eut le souffle coupé. De merveilleux jardins de coraux scintillants blancs et verts apparurent devant lui, au fond desquels se dévoila un majestueux palais, comme une vision. Les toits en pagode étaient en faïence verte et les murs incrustés de tous types de pierres précieuses qui reflétaient les couleurs de l'arc-en-ciel.

La tortue se posa sur le grand escalier fait de perles blanches et conduisit Taro jusqu'à l'immense portail décoré en émail bleu, puis elle s'adressa au gardien. Ce dernier avait l'air d'être à la fois un poisson et un être humain, et la tortue lui annonça l'arrivée d'un invité de marque. Immédiatement, des poissons, des crustacés et des mollusques en tout genre vinrent à leur rencontre et les accompagnèrent à la cour, où le Roi Dragon accueillit chaleureusement l'hôte.

« Noble Urashima, je te remercie d'être venu dans mon humble demeure », dit le souverain.

Taro se mit à rougir. *Humble demeure*, ce palais ? Et il venait d'être appelé *noble* ? Et le Roi Dragon le *remerciait* devant ses sujets d'être venu lui rendre visite ?

« Ne sois pas étonné, noble Urashima. Tu as prouvé que tu avais un grand cœur en sauvant cette tortue. Ce sont des gestes comme celui-ci qui rendent un être humain vraiment noble, pas les titres acquis par héritage », conclut le Roi Dragon.

Puis il fit un signe à ses serviteurs en prenant congé.

« Tu seras mon hôte, aussi longtemps que tu le désires. Tu n'as qu'à demander, et tu auras tout ce que tu souhaites. »

Le souverain des mers eut à peine tourné le dos qu'une jeune fille au sourire candide, plus belle que ce qu'un humain pouvait imaginer, s'avança depuis le côté du trône où elle était restée jusqu'alors.

« C'est un plaisir de te rencontrer, noble Urashima. Je m'appelle Oto, et je suis heureuse de t'accueillir. Je serai ton guide au sein de cette humble demeure. »

Taro, perdu, chercha le regard de la tortue qui lui révéla à voix basse :

« C'est la princesse Oto, la fille du Roi Dragon. »

La beauté d'Oto était légendaire, et à présent, elle se tenait là, devant lui, prête à le recevoir comme un invité de marque. Le pêcheur se sentit défaillir.

Les jours suivants se passèrent entre bals, spectacles et jeux pour honorer l'invité. Des poissons se produisirent dans des chorégraphies stupéfiantes, puis des banquets furent préparés avec des spécialités dont Taro n'avait jamais imaginé l'existence. À chaque pas qu'il faisait, une myriade de poissons l'entourait, pour s'assurer que tout allait bien et qu'il appréciait son séjour au palais.

Il commença à faire de longues promenades dans les jardins impériaux aux côtés de la princesse Oto, dont la compagnie se révéla agréable et spirituelle. Elle était très cultivée, au point qu'elle lui enseigna de nombreuses choses. Puis il y eut de nouveau des fêtes, des bals, des banquets. On s'occupait de Taro et on le servait tout au long de la journée. C'est ainsi que Taro passa la plus belle période de sa vie, immergé dans un luxe qui dépassait les limites de l'imagination, heureux, insouciant, enivré.

Mais un beau jour, il se réveilla en se sentant soudainement triste, sans vraiment savoir pourquoi. Déjouant les étouffantes attentions des serviteurs, ainsi que leur surveillance, il s'éclipsa dans un de ses endroits préférés du palais, le jardin des Quatre Saisons. Il s'assit en son centre pour le contempler en silence. Il admirait les pruniers et les cerisiers en fleurs à l'est, les chrysanthèmes et les érables à feuilles rouges à l'ouest, les arbres recouverts de feuilles vertes et les bambous au sud ainsi que les sapins recouverts de neige au nord.

Il comprit enfin ce qui lui était arrivé. Il ressentait une grande nostalgie pour son pays, sa petite maison et sa vie simple à la surface. Taro, à partir de ce jour, désespéra. La princesse Oto remarqua immédiatement son changement d'humeur et un jour, même si c'était à contrecœur, il s'approcha d'elle en lui confiant que le moment était venu de se séparer.

« Je comprends tes sentiments, noble Urashima. Ton monde est très différent du mien, et un palais recouvert de pierres précieuses ne peut pas être ta maison si ton cœur n'y est pas. Si tu désires retourner d'où tu viens, il faut que tu le fasses. Personne ne t'en tiendra jamais rigueur, et tu resteras toujours un ami pour ceux qui vivent ici. »

Puis, sans montrer qu'elle était émue, la fille du Roi Dragon, pleine de compassion, tendit au pêcheur un petit coffret laqué noir et richement décoré, tenu fermé par un ruban de soie rouge.

« Prends ceci, et promets-moi de ne jamais t'en séparer. »

Taro fut embarrassé de recevoir un cadeau de départ et essaya de le refuser gentiment. Oto insista.

« *Tu dois* le prendre avec toi. Il ne peut pas rester ici. Garde-le en sécurité, et prends-en toujours soin. Ce *tamatebako* contient la chose la plus précieuse que tu possèdes. C'est pour cette raison que je te conseille de ne pas l'ouvrir. Fais-le seulement si, une fois sur la terre ferme, tu te sens trop désorienté et que cela te devient insupportable. Mais il faut que tu saches que si tu l'ouvres, tu ne pourras plus revenir au palais, et nous ne pourrons plus jamais nous revoir. Je te le répète, noble Urashima, écoute mes paroles. Ne l'ouvre pas. »

Sur ces mots, elle le salua et fit appeler la tortue pour qu'elle le ramène à la surface. Lorsqu'elle lui dit au revoir, elle avait les larmes aux yeux. Arrivé sur la plage, Taro descendit de la carapace et remercia la tortue d'une caresse sur la tête.

« J'espère te recroiser en mer un de ces jours, lui dit-elle.

— Je l'espère aussi de tout mon cœur », répondit Taro.

Puis ils se séparèrent. À peine Taro eut-il posé le pied sur la plage qu'il se rendit compte qu'il se passait quelque chose d'étrange, comme le lui avait annoncé la princesse Oto.

En regardant autour de lui, il remarqua que le village était différent de son souvenir. C'était comme si les environs n'étaient plus exactement les mêmes que dans sa mémoire. Certaines choses n'y étaient plus et de nouvelles semblaient être apparues. De plus, il manquait des arbres, quoiqu'il y en eût des nouveaux, et parmi ceux qu'il se rappelait, il y en avait un beaucoup plus grand. Aucun des pêcheurs ne paraissait le reconnaître, et lui non plus ne se souvenait pas d'avoir déjà vu leurs visages. Ils étaient tous habillés de manière étrange, or tout le monde le dévisageait de la tête aux pieds, avec ses habits de travail ordinaires, qu'il arborait lors de son départ. Personne ne portait des vêtements comme les siens, c'est pourquoi Taro faisait figure d'exception. Certaines femmes rirent en le montrant du doigt, et il entendit distinctement leurs commentaires. Avec une telle allure, il semblait sorti d'un vieux tableau. Une d'entre elles fit l'hypothèse qu'il s'agissait d'un acteur itinérant arrivé au village pour annoncer les spectacles de rue de sa compagnie.

Désorienté, il décida de se diriger vers chez lui pour aller se reposer. Il trouva une maison différente de celle qu'il avait laissée. Quelqu'un avait clairement fait des modifications, et il vit même que des annexes complètement nouvelles avaient été ajoutées. Au moment où il allait ouvrir la porte, un homme en sortit, et tous deux eurent une sacrée frayeur.

« Qui êtes-vous ? se demandèrent-ils l'un l'autre, à l'unisson.

— Que faites-vous dans ma maison ? continua Taro.

— Comment cela, *votre maison* ? C'est *moi* qui vis ici, clarifia l'homme. Et maintenant, dehors, s'il vous plaît.

— Si vous vivez ici, c'est seulement parce que je me suis absenté un moment. Peut-être que vous avez pensé que la maison était abandonnée, mais ce n'est pas le cas. Maintenant, je voudrais rentrer chez moi, si cela ne vous dérange pas.

— Écoutez un peu, dit l'homme, perdant patience. J'ai acheté cette maison à son précédent propriétaire il y a des années, donc si vous l'avez habitée, cela doit remonter à plus longtemps encore. C'est avec l'ancien propriétaire qu'il faut voir cela, pas avec moi. Je l'ai payée, j'y vis. Maintenant, je vous prie, pouvez-vous me faire la faveur de vous en aller ? »

Taro n'en croyait pas ses oreilles.

« Il y a des années ? Mais je ne suis pas parti si longtemps… Vous vous êtes fait arnaquer, c'est moi qui vous le dis. Je m'appelle Taro Urashima, et *tout le monde* sait que cette maison est la mienne ! »

L'homme le fixa sans mot dire, puis s'esclaffa.

« Oui, bien sûr, vous êtes Taro Urashima… *Certainement* ! Mieux encore, vous devez être son fantôme, car on raconte qu'il a mystérieusement disparu en mer il y a environ 300 ans et que, depuis, personne n'a plus jamais entendu parler de lui. Vous vous êtes probablement noyé et vous n'êtes pas au courant, dit-il, en éclatant à nouveau de rire. Maintenant que nous nous sommes bien amusés, pour la dernière fois, je vous demande de vous en aller.

— Je ne suis pas un fantôme, vous le voyez bien, protesta Taro en se donnant des tapes avec les mains et piétinant le sol avec ses pieds pour prouver son indéniable tangibilité. Je ne suis pas parti 300 ans, seulement quelques semaines, peut-être quelques mois, je ne me rappelle plus. C'est que, là où je me trouvais, j'ai un peu perdu la notion du temps. Mais je vous le répète, sûrement pas *300 ans* !

— Écoutez, admettons que votre histoire est vraie, dit l'homme, qui avait à présent perdu patience. Vous prétendez être Taro Urashima ? Très bien. Vous êtes content, tout le monde est content. Mais là, c'est *ma* maison, vous pouvez aller vérifier l'acte de vente aux archives si vous ne me croyez pas. Maintenant, partez tout de suite, ou j'appelle les gendarmes, comme cela vous pourrez leur expliquer qui vous êtes ou qui vous n'êtes pas. Bonne soirée ! » conclut-il, irrité.

Et il lui claqua la porte au nez.

Taro était confus. Comme Oto l'avait prédit, il se sentait vraiment perdu, et même très préoccupé. Il ne savait pas quoi faire, car personne ne le reconnaissait. Bien qu'il fût certain d'être revenu dans le village d'où il était parti et où il avait toujours vécu, il dut admettre que tout ce qui l'entourait ressemblait à ce qu'il avait laissé, tout en étant différent, de manière incompréhensible.

Il se souvint qu'Oto lui avait recommandé quelque chose à ce sujet, et que d'une manière ou d'une autre, le petit coffret aurait pu l'aider à comprendre ce qu'il s'était passé. Elle lui avait dit tout cela pendant qu'ils se saluaient, chagrinés par leur séparation. Il ne se rappelait plus tous les détails, mais une chose était sûre : elle l'avait averti qu'en ouvrant ce coffret, il ne pourrait jamais plus retourner au palais du Roi Dragon.

Il s'assit en face de la mer, en regardant l'horizon, et resta longtemps à peser le pour et le contre. Puis il décida qu'il n'y avait rien d'autre à faire. Il allait ouvrir le coffret. Taro Urashima défit le nœud, et le ruban de soie rouge qui tenait le petit écrin glissa tout seul, comme s'il était pressé de s'en dégager. Puis Taro retira le couvercle. Un nuage de fumée violette sortit en sifflant et l'enveloppa entièrement. Il remarqua clairement qu'il s'infiltrait sous sa peau, soudainement et rapidement comme l'eau qui remplit un récipient vide. Il sentit qu'un changement radical opérait dans son corps. Il ressentit la sensation inattendue d'un grand poids sur ses épaules, si insupportable qu'il dut se plier en avant. Ses genoux cédèrent un peu sous cet étrange poids, et il s'appuya sur un arbre pour réussir à se maintenir debout. Il vit sa main maigrir de plus en plus, sa peau jaunir et se couvrir de taches sombres. Une barbe blanche lui avait poussé sur le visage, lequel à son tour se ridait. Et tandis qu'il sentait ses cheveux se clairsemer, même avec cette lourde charge qui le faisait fléchir, il lui semblait devenir plus léger, comme s'il avait perdu au moins la moitié de son poids.

Le nuage disparut peu à peu, changeant de couleur et devenant blanc. D'un pas lent, Taro Urashima se traîna près d'un puits d'eau salée isolé sur la plage par la marée basse, et lorsqu'il se vit dedans, il n'en crut pas ses yeux. Dans le reflet, il vit un vieil homme, et ce vieil homme, c'était lui. Effrayé, mais trop fatigué et trop faible pour réagir, celui qui désormais ne ressemblait plus qu'à un très vieux pêcheur retourna s'asseoir sur le rivage pour contempler la mer. Puis, il réalisa ce qui lui était arrivé.

On dit que le temps passe vite quand on fait des choses agréables. C'est ce qu'il s'était passé. Et au même moment, *son* temps à lui avait été consigné dans le coffret pour qu'il reste éternellement jeune, aux côtés de l'immortelle princesse Oto. Lorsqu'il l'ouvrit, au moins 300 ans lui étaient tombés dessus d'un coup, et c'était un âge bien supérieur à ce que le commun des mortels n'eut jamais vécu. Qu'allait-il arriver maintenant ? Allait-il passer le reste de sa vie dans la peau d'un vieillard ? Ou allait-il s'éteindre en quelques instants sous le poids insupportable de toutes ces années ? Il ne le savait pas. La seule chose dont il était sûr, c'était d'avoir pris la pire décision de son existence, sous le coup de l'émotion.

La nostalgie est un doux sentiment, mais lorsque les êtres humains lui laissent prendre le contrôle de leur vie, rien de bon n'en ressort jamais. Lorsque des choix et des alternatives se présentent, lorsque nous nous trouvons face à un croisement, il faut regarder en avant, vers le futur, car le passé est justement derrière soi.

À propos de Taro Urashima

Taro Urashima est une des fables japonaises qui possède le plus grand nombre de variantes, à commencer par le titre et le nom des personnages. Cela va du simple « Urashima » (sans « Taro ») à « Urashima no ko », en passant par « Ura no Shimako » et « Urashimako ».

Dans certaines versions de la fable, il y a deux tortues : celle qui est torturée par les garnements sur la plage est jeune et de petite taille, tandis que celle qui accompagne le pêcheur dans son voyage sous-marin est la mère (quelques fois le père, d'autres un des grands-parents) de la première. D'autres versions racontent que la tortue est toujours la même, petite sur la plage, grande lorsqu'elle conduit Taro au palais du Roi Dragon. Mais il s'écoule une année entre ces deux événements, au cours duquel l'animal devient adulte et assez grand pour faire monter le pêcheur sur sa carapace. Dans certains cas en revanche, la tortue est de taille moyenne lors des deux rencontres avec Taro, mais pour pouvoir le transporter au fond de la mer, sa taille augmente par magie.

Dans une ancienne version de la fable, la tortue que Taro pêche en mer puis libère n'est autre que la princesse Oto sous forme animale. Elle lui apparaît ensuite sous forme humaine et lui propose de l'emmener au palais du Roi Dragon. Dans ce cas, la gratitude du souverain des mers est encore plus compréhensible car Taro lui a rendu sa fille, pas un simple sujet.

Dans une première variante, Oto apparaît à Taro en rêve et fait en sorte que sa barque navigue en sa direction. Dans une autre, elle se matérialise physiquement, puis reprend sa forme de tortue et se laisse chevaucher vers le fond de la mer.

Ryugujo, le palais du Roi Dragon, est remplacé dans certaines versions par Horai, terre légendaire et féerique de l'immortalité.

Une autre version rapporte que Taro est en réalité un rêveur paresseux et qu'il a une femme qui passe son temps à le réprimander car il ne pêche pas assez de poissons. Il fait la sieste toute la journée dans sa barque, et quand sa femme s'aperçoit que Taro a donné le peu d'argent qu'il avait aux garnements de la plage, elle entre dans une colère noire. Pour lui faire payer, elle l'envoie travailler le jour suivant avec un casse-croûte si maigre qu'il lui sert à peine d'amuse-bouche.

Certaines versions de cette fable ne mentionnent pas la présence de la princesse Oto, et l'unique interlocuteur de Taro Urashima dans le palais marin est le Roi Dragon en personne, lequel – en lui remettant à la fin le coffret – lui conseille ardemment de ne l'ouvrir *sous aucun prétexte*.

Dans d'autres versions, au contraire, c'est le Roi Dragon qui ne fait aucune apparition, laissant tout dans les mains d'Oto du début à la fin, en sa qualité de fille et d'ambassadrice. Une version classique de l'histoire raconte même le mariage de Taro Urashima avec la princesse Oto. Lorsque le pêcheur décide de retourner à la surface, le récit prend une tournure poignante. Dans cette variante, Taro n'a de toute évidence pas de femme qui l'attend sur la terre ferme, mais ses vieux parents. Parfois, il s'agit des deux, certaines fois, seulement de la mère, ce qui explique pourquoi le pêcheur doit rentrer prendre soin d'eux au risque de se séparer de sa douce Oto.

Certaines versions rapportent avec précision que le temps subjectif passé par Taro au palais du Roi Dragon est d'à peine trois jours, d'autres de trois ans. D'autres versions disent que le vrai nombre d'années pendant lesquelles Taro est resté loin de la maison ne serait en réalité pas 300 ans, mais « seulement » 100. D'ailleurs, dans une variante, la durée est beaucoup plus longue, 700 ans.

Il existe aussi des fins alternatives. Dans l'une d'entre elles, le *tamatebako* que Taro ouvre sur la plage en cherchant des réponses à ses doutes contient à son tour trois autres petits écrins. Dans le premier, ses années sont enfermées sous forme de vapeur blanche. Le deuxième contient un miroir dans lequel il peut voir pour la première fois son visage vieilli. Une plume de grue est conservée dans le troisième et, lorsqu'il la sort, elle se change en grue et s'envole, tandis que la princesse Oto réapparaît sous forme de tortue pour le revoir. Dans une autre variante, il pousse à Taro des branchies. Ne réussissant plus à respirer en surface, il se jette à la mer, où il retrouve soudain sa jeunesse et commence une nouvelle vie.

Une autre version encore raconte que de l'écrin s'échappe une apparition en forme d'orchidée qui est transportée au ciel et, à partir de ce moment, Taro ne peut plus retourner voir Oto : il peut seulement échanger avec elle des poèmes à distance. Dans une autre version, tout simplement, toutes les années récupérées d'un coup le font vieillir si rapidement qu'en quelques instants, il est réduit en poussière.

Le temple d'Urashima existe, sur la péninsule de Tango, où le coffret qu'Oto donna au pêcheur semble se trouver. Il renferme également un document rapportant l'itinéraire d'un homme du nom d'Urashimako qui a disparu en 476 pour revenir mystérieusement trois siècles et demi plus tard, en 825, après avoir visité, selon ses dires, la terre de l'Immortalité.

L'histoire de Taro Urashima contient des parallèles intéressants avec des fables du monde entier, mais celles avec lesquelles elle a le plus de ressemblances viennent des îles Britanniques. Dans la tradition folklorique irlandaise, par exemple, on parle des Cercles de Fées, dans lesquels des passants ignorants pénètrent inconsciemment, se retrouvant soudain au milieu des festivités des créatures du petit peuple. Ils sont alors contraints de danser comme des forcenés avec eux pendant une durée qui peut varier de quelques minutes à plusieurs heures. Quand ensuite ils réussissent à sortir de la zone circulaire, par la force de la volonté ou par une aide extérieure, ou tout simplement parce que les danses s'arrêtent, ils découvrent que le temps passé dans ce lieu était en réalité de 7 ans, et dans certains cas, beaucoup plus.

La plus célèbre de ces légendes est celle de Shon ap Shenkin, un jeune homme qui s'est endormi pendant qu'il écoutait la musique des fées. Rentré à la maison le jour suivant, il rencontre sur le pas de la porte un petit vieux et, en discutant avec lui, il en arrive à la conclusion qu'il s'agit de son neveu, pour ensuite devenir poussière. Cette dernière partie combine à la perfection la fin d'une des variantes de Taro Urashima décrite ci-dessus.

Dans la véritable mythologie irlandaise, en revanche, il existe l'histoire d'Oisín qui rappelle les principaux événements de la fable japonaise. Le poète guerrier Oisín rencontre Niamh Chinn Óir, une fée amoureuse de lui qui l'emmène à Tír na nÓg, la terre de la Jeunesse Éternelle, gouvernée par son père. Après trois années passées ensemble et la naissance de plusieurs enfants, Oisín manifeste le désir de rentrer en Irlande pour retrouver sa famille et ses amis. Pour le lui permettre, Niamh lui donne son cheval féerique, Énbarr, en lui demandant de ne jamais descendre de selle. Cela l'aide à rester connecté à Tír na nÓg, et lui permettra de revenir sans prendre de risques. Arrivé à destination, Oisín aide quelques hommes engagés dans des travaux de force, mais cela fait céder le harnachement du cheval, et le poète guerrier tombe. À peine touche-t-il le sol qu'il devient soudainement vieux, car chaque année passée à Tír na nÓg correspond à un siècle dans le monde des humains. Les trois siècles récupérés d'un coup le privent de sa jeunesse, puis de la vie.

Une autre légende similaire est celle de Herla, Roi des Bretons, qui participe avec ses compagnons aux noces du roi des Nains pendant trois jours. Lorsqu'il sort des grottes où se sont tenues les festivités, il découvre qu'en réalité, presque deux siècles se sont écoulés, au cours desquels les Saxons ont pris le contrôle du royaume. Quand certains de ses compagnons descendent de cheval, ils se transforment en poussière. Herla exhorte donc les survivants à rester en selle pour toujours, et à errer pour l'éternité de par le monde.

Il existe d'autres histoires très similaires dans la tradition galloise du haut Moyen Âge, parmi lesquelles *Preiddeu Annwn* et la première partie des *Mabinogion*. Il semble que toutes ces histoires aient inspiré Washington Irving qui a écrit en 1819 la célèbre nouvelle *Rip Van Winkle*. Le protagoniste s'attarde à jouer et à boire avec des marins fantômes, s'endort et se réveille 20 ans plus tard. Rentré à la maison, il retrouve sa fille désormais adulte, et découvre qu'entre-temps, beaucoup de choses ont changé suite à la guerre d'Indépendance des États-Unis, dont il n'a pas connaissance car elle s'est passée pendant son long sommeil.

Glossaire

Chanchanko : kimono sans manches, sorte de gilet traditionnel japonais à porter sur les autres vêtements.

Ginkaku et Kinkaku : dans les représentations japonaises, ils sont habituellement dépeints comme deux *oni*, le premier de couleur bleue, le second de couleur rouge.

Go : jeu de stratégie de table, traditionnel, au cours duquel les deux adversaires cherchent à prendre le contrôle du damier en utilisant des pions de deux couleurs différentes, normalement blancs et noirs. C'est pour cette raison qu'il est parfois défini comme les « dames japonaises ». À ne pas confondre avec le *shoji*, qui à sa manière ressemble plus aux échecs.

Hachimaki : bande généralement en coton qui se noue autour de la tête comme symbole d'engagement et de dévouement dans l'exécution d'un devoir ou d'une mission. Des devises ou phrases d'encouragement peuvent y être inscrites. Ils sont surtout connus à l'étranger comme la décoration qui reproduit le drapeau du Japon : un cercle rouge sur fond blanc.

Haragake : sorte de tablier qui couvre la poitrine et le ventre, noué derrière le cou et derrière le dos, probablement la version japonaise du *dudou* chinois.

Kappa : race de créatures imaginaires amphibies du folklore japonais, dont la force physique provient directement de l'eau. La partie supérieure d'un *kappa* doit en effet toujours rester submergée, sinon ce dernier devient extrêmement vulnérable. Il était tenu responsable de la noyade des personnes et des animaux aux environs des cours d'eau qu'il défendait jalousement, mais il était possible d'obtenir le droit de les traverser en défiant (et en gagnant) une rencontre avec un sumo.

Il existe une infinité de races différentes de *kappa* en fonction de la région du Japon dans lesquelles sont rapportés les différents récits, et chacun d'eux porte des noms différents, comme *garappa*, *kawataro*, *suiko* et de nombreux autres, avec des éléments qui varient légèrement d'une race à l'autre, mais dont les caractéristiques principales restent bien évidemment celles du *kappa*. Même s'ils naissent sous la réputation de « méchants », le Japon, au cours des siècles, a voulu réhabiliter cet esprit aquatique, au point que depuis des décennies, il apparaît à l'intérieur de logos d'entreprises, sur des produits commerciaux et même comme mascotte.

D'autres exemples célèbres relatent sa présence dans la vie quotidienne tel le *kappamaki*, un sushi à base de riz et de concombre (puisque le *kappa* est gourmand de ce légume), et le marché de Kappabashi à Tokyo, un quartier commercial entier dont cette créature est la divinité protectrice, où on trouve de nombreuses statues votives.

Kibi dango : boulettes de millet. Ce nom a été ensuite attribué à une friandise originaire du XIXe siècle, dans la préfecture d'Okayama. Selon une théorie contestée, les locaux estiment que l'histoire de Momotaro y est née, à cause de certaines similitudes avec la divinité locale Kibitsuhiko, connue pour être un exterminateur d'*oni*.

Kintoki Sakata : il vécut entre le Xe et le XIe siècle, certainement dans la petite ville de Minami Ashigara. Il fut un fidèle serviteur du samouraï Yorimitsu Minamoto (également commandant du régiment de la Garde Impériale et Secrétaire du ministère de la Guerre). Il devint l'un des guerriers et archers les plus célèbres et habiles du pays, au point d'être défini comme « légendaire ». La fable de Kintaro concerne son enfance.

Koto : instrument de musique traditionnel à cordes d'origine japonaise.

Kyoto : connue également sous le nom de « ville aux mille temples », elle est la capitale du Japon dans la fable d'Issunboshi à la période à laquelle se situe l'histoire. Elle l'a été de 794 à 1868, avant que ce titre ne passe à la ville de Tokyo.

Masakari : hache au manche rectangulaire utilisée soit comme instrument de travail, par exemple par les bûcherons, soit comme arme par les ermites *yamabushi* ou par les moines-guerriers *sohei*. Elle est également connue sous d'autres noms : *ono* et *fuetsu*.

Mizuame : sirop dense et collant obtenu par l'amidon. Il est utilisé dans la préparation de friandises.

Mont Ashigara : connu aussi sous le nom de mont Kintoki, il se trouve à la limite entre les préfectures de Kanagawa et de Shizuoka, dans le parc national de Fuji-Hakone-Izu. Il fait partie de la région volcanique (et thermale) de Hakone, et son nom semble dériver du mot áskar-*i*, qui signifie « lieu pur » dans la langue des *ainu*, un peuple du nord du Japon désormais tragiquement éteint. Au pied du mont se situe le temple de Kintoki, dédié au héros de la fable *Kintaro*. Il est possible d'y voir sa hache et une énorme masse qui aurait été cassée en deux par Kintoki en personne.

Nobori : sorte d'étendard utilisé à l'origine sur les champs de bataille portant des enseignes ou des devises. Aujourd'hui, on les retrouve aussi communément devant les commerces, lors des manifestations sportives, politiques, etc.

Oni : race de créatures fantastiques anthropomorphes, énergumènes hirsutes à cornes et à défenses, dont l'épiderme peut être rouge, bleu clair ou vert clair. Ils sont associés aux diables et aux ogres de la tradition occidentale. Ils portent des vêtements tribaux comme des pagnes, des pantalons ou de courtes tuniques provenant principalement de peaux de bête, essentiellement tigrées. Dans l'imaginaire japonais, un des *oni* les plus connus est Lamu, protagoniste du manga *Urusei Yatsura* créé par Rumiko Takahashi en 1978, lequel conserve une grande partie des caractéristiques distinctives de l'espèce, bien que son apparence soit celle d'une jolie jeune fille.

Onigashima : selon certaines théories, l'île des *oni* serait en réalité Megijima, située dans la mer intérieure de Seto, au Japon. Les locaux disent que les cavernes sont les demeures des *oni*, et sont de toute évidence une des attractions touristiques les plus visitées de l'endroit.

Onigiri : boulettes de riz natures ou assaisonnées. Elles contiennent habituellement en leur centre du poisson, des légumes ou d'autres types de condiments, dont la traditionnelle prune salée *umeboshi*. Sa forme peut être circulaire ou légèrement triangulaire. Dans la majeure partie des cas, elle se présente avec une section rectangulaire d'algue *nori* sur un des côtés, qui, en plus d'être comestible, sert de poignée, car il s'agit d'un repas qui est principalement consommé en mouvement.

Shaku : unité de mesure correspondant à environ 30 cm.

Shogun : titre militaire du Japon féodal équivalent au grade de général, devenu ensuite héréditaire. Il indiquait le plus haut poste politique et gouvernemental du pays. Le shogun devait être formellement nommé par l'empereur, mais en fait, il s'agissait d'un poste plénipotentiaire. Lors de l'enfance d'Ikkyu, le shogun était Yoshimitsu Ashikaga (1358-1408) – connu pour être l'un des unificateurs du Japon – puis son fils, Yoshimochi Ashikaga (1386-1428).

Sumo : lutte libre traditionnelle japonaise, dans laquelle l'objectif est de pousser l'adversaire hors de la zone de combat, un cercle d'environ quatre mètres et demi de diamètre. Il s'agit du sport national japonais par excellence, même si, depuis des décennies, le baseball attire la majeure partie des supporters de tout âge.

Sun : unité de mesure correspondant à environ 3 cm. L'*issun* du nom du héros Issunbochi signifie justement « un sun ».

Tamatebako : écrin portatif pour bijoux (ou orné de joyaux). Dans des versions plus anciennes de la fable de Taro Urashima, il est aussi appelé *tamakushige* et *katami no hako* (boîte à souvenirs). Il semble que le *tamatebako* de cette fable soit conservé dans le temple d'Urashima sur la péninsule de Tango.

Tango : province du Japon disparue, qui donnait sur la mer du Japon. Aujourd'hui, on appelle encore cette zone « péninsule de Tango », et elle fait partie de la préfecture de Kyoto.

Tanuki : ou *Nyctereutes procyonoides* (chien viverrin, ou littéralement « chien raton laveur »), mammifère existant réellement et souvent confondu avec le raton laveur et le blaireau. Dans les fables et légendes japonaises populaires, c'est l'un des animaux magiques par excellence, à qui sont attribuées des capacités de métamorphose. Dans ces récits, même s'ils sont souvent en opposition avec les humains, ils ne sont pas vraiment dangereux, sauf s'ils apparaissent sous forme de fantômes ou sous formes malveillantes, comme dans certaines versions qui existent dans des régions spécifiques du pays. Dans les représentations folkloriques, les *tanuki* sont représentés avec des scrotums énormes, qui peuvent être utilisés comme tambours (alternativement aux ventres) ou jetés sur une épaule en guise de sac de voyage.

Les *tanuki* les plus connus de l'imaginaire nippon sont les protagonistes de *Pompoko*, film à grand succès de 1994, réalisé par Isao Takahata. Ils eurent un autre précédent célèbre dans le court métrage d'animation de 1935 d'Ikuo Oishi intitulé *Shojoji no Tanukibayashi*.

Souvent considéré comme muet, il était en réalité projeté avec la chanson pour enfants éponyme.

Temple de Kiyomizu : connu dans le monde entier sous le nom de *Kiyomizu-dera*, c'est un des temples bouddhistes japonais les plus célèbres, destination touristique incontournable de Kyoto et déclaré Patrimoine Mondial de l'UNESCO depuis 1994. Il est aussi connu pour sa particularité étrange d'avoir été construit sans l'utilisation de clous.

Tenjiku : la patrie du bouddhisme, autrement dit l'Inde.

Uchide no Kozuchi : le marteau magique des vœux apparaît également dans d'autres fables que celle d'*Issunbochi*, parmi lesquelles celle de *Momotaro* (présente dans ce volume). C'est le même qui est empoigné par Daikokuten, une des Sept Divinités du Bonheur de la mythologie japonaise.

Yamauba : esprit du folklore japonais qui se présente parfois sous forme d'une vieille femme aux tendances cannibales, d'autres fois comme une petite vieille rongée par la nostalgie et porteuse de fortune. Elle passe son temps dans les montagnes à faire des sandales de paille tressée, et quand elle décide d'élever un enfant (au lieu de le dévorer), elle lui enseigne tout ce qu'il y a à savoir pour devenir le seigneur de la montagne dans laquelle il vit.

Pour en savoir plus :
www.ynnis-editions.fr

YnnisEditions

YnnisEditions

@ynnis_editions

4e tirage : septembre 2022

Dépôt légal : février 2021

ISBN : 978-2-37697-201-3

Imprimé par L.E.G.O. S.p.A. en Italie